LA LOI
DU
PHAJAAN

JEAN-FRANÇOIS CHABAS

LA LOI DU PHAJAAN

Didier Jeunesse

On n'a pas deux cœurs, l'un pour l'homme, l'autre pour l'animal.
On a du cœur ou on n'en a pas.

Alphonse de Lamartine

I am in favor of animal rights as well as human rights.
That is the way of a whole human being.
(Je suis en faveur des droits animaux comme des droits humains.
C'est la voie d'un être humain complet.)

Abraham Lincoln

Pour N. et N.

1

Paithoon, mon arrière-arrière-arrière-grand-père, dressait des éléphants de guerre.

On disait qu'il était très habile, mais aussi très cruel. Moi, je trouve que ce n'est pas étonnant. Paithoon signifie « yeux de chat », et les insectes, les souris et les rats savent combien les petits tigres du foyer peuvent être sanguinaires.

À cette époque lointaine, les éléphants étaient encore utilisés pour combattre. On leur mettait sur le dos des canons, et ils affrontaient les fusils des Blancs venus coloniser notre pays, qu'on appelait alors le royaume de Siam.

La nature humaine est ainsi faite : lorsque l'homme a rencontré pour la première fois ces immenses créatures, si puissantes, après son effroi originel, il a dû presque aussitôt se dire qu'il serait merveilleux de s'en faire un allié dans ses carnages les plus féroces.

Moi qui connais si bien les éléphants, j'imagine la détresse et l'horreur qu'ils devaient ressentir quand le canon tonnait à leurs oreilles, tandis qu'ils recevaient les balles d'adversaires qui n'étaient même pas leurs ennemis, non, seulement ceux qu'on leur avait désignés.

qui s'annonçait et qui me révulsait. Parce que, bien sûr, avant que Sura me soit confié, j'avais déjà assisté à des *phajaans*, donc à la torture de plusieurs éléphants.

Cette insoumission, je crois qu'on la porte en son cœur ; elle n'est pas enseignée. De tous les membres de notre famille, de tous les gens de notre village, je suis le seul à avoir dit non. Mais c'est le plus important, le plus sacré de tous les devoirs d'un être humain : savoir refuser de faire quelque chose d'indigne, surtout si cela blesse un autre être dans sa chair, ainsi que dans son esprit. Et si on a eu la faiblesse de faillir tout de même – par peur de l'autorité, par crainte des représailles ou par simple désir de ne pas déplaire –, il faut cesser aussi vite que possible, plutôt que de se dire : « Puisque j'ai commencé, autant continuer. »

On peut toujours arrêter le processus ; on n'est pas prisonnier du mal.

— La question n'est pas que l'éléphant t'estime, Kiet, m'a répondu ma mère ce matin-là. L'important, c'est qu'il t'obéisse.

— Je crois que quand on craint quelqu'un, on ne le respecte pas. La peur provoque de la haine, maman.

— Tu n'écoutes pas ce que je te dis, mon fils. Il faut briser l'éléphant. Ce qu'il pense importe peu. Il fera ce que tu lui demanderas, c'est bien assez.

— Mais, maman...

— La bête dont tu t'occuperas n'a même pas été capturée que déjà tu t'inquiètes de l'opinion qu'elle aura de toi ? Ce n'est pas une personne, Kiet. Tout ce que tu me dis est très étrange, et cela me déplaît.

— Les éléphants sont un peu comme des personnes tout de même, maman. Ne pourrions-nous pas nous réincarner dans une de ces bêtes, si notre *karma* devait nous y conduire ? Boon Mee m'a dit ce que Bouddha proclamait : « Si tu ne trouves pas d'ami sage prêt à cheminer avec toi, résolu, constant, marche seul comme un roi après la conquête ou comme un éléphant dans la forêt. » Est-ce que cela ne veut pas dire que Bouddha met à égalité un roi et un éléphant ?

— Pas du tout. Cela signifie seulement que certains éléphants mâles marchent seul. Rien de plus. Et Boon Mee est un moine, nourri par la charité des gens qui, comme nous, travaillent. Il ne sait rien de nos affaires. Qu'il s'en tienne à ses prières.

— C'est mon ami !

— Il a trente ans de plus que toi. Encore une autre de tes bizarreries....

— C'est un être très bon. Il a vu ma vie future dans sa méditation.

— Ah ? Tiens... Et qu'en dit-il ?

— Boon Mee m'a expliqué que je serai libre, et que je serai un grand homme.

— Libre ? Libre de quoi ?

— Libre des entraves laides.

— Cela ne signifie rien. Il n'y a pas d'entraves ici ; juste le labeur avec les éléphants.

— Mais peut-être que c'est ça, les entraves, maman. Peut-être qu'il faudrait agir autrement avec les éléphants...

— Ça suffit ! Si tu as d'autres questions, pose-les à ton père et à tes oncles. Ils sont les descendants de Paithoon ;

tout ce qu'il y a à savoir sur le dressage et le travail des grandes bêtes, ils le connaissent. Mon fils… est-ce que ton Boon Mee t'a dit quelque chose d'autre sur ta vie à venir ?

— Tu vois, maman, ses prédictions t'intéressent ! Il dit… il dit que je vais rencontrer de terribles difficultés avant d'être enfin un grand homme. Et puis aussi…

— Quoi ? Quoi encore, Kiet ?

— Qu'on va beaucoup me détester, et qu'il me faudra énormément de courage pour le supporter, car même les gens les plus proches de moi se détourneront à ma vue.

— Ha, ça ! Ce moine n'a pas toute sa raison ! Tu seras normal, mon fils. Tu seras comme nous tous !

*

Le prénom de mon père, Lamon, signifie « doux », et aujourd'hui encore je ne sais que penser de cela. Ma grand-mère disait de lui qu'il était, petit, le plus câlin des enfants. Je ne lui ai pas connu cette particularité. Quand j'ai eu l'âge de le regarder avec d'autres yeux que ceux d'un nourrisson, et que j'ai été en mesure de soupeser son caractère, toute douceur s'était déjà envolée ; les *phajaans* successifs avaient eu raison, je crois, de l'humanité de mon père.

Il serait bien illusoire de penser qu'on peut supplicier, des décennies durant, des animaux aussi expressifs que les éléphants sans finir par en être soi-même abîmé. Le cœur pourrit, l'esprit aussi. Dans l'œil écarquillé par l'épouvante et la souffrance de l'animal qu'on tourmente, on reconnaît sa propre déchéance de bourreau. Cela rend malade de faire souffrir et de tuer. Pourquoi n'en serait-il pas de même pour les gens qui brisent l'esprit des géants de la forêt ? « *Phajaan* » ne signifie-t-il pas « broyer » ?

Ceux qui broient finissent broyés.

Ainsi Lamon, mon père, était-il un homme maladif et vindicatif. Son *bullhook* ne le quittait jamais ; c'était son sceptre à lui, son instrument de puissance. Un croc en métal, destiné à faire souffrir les éléphants, un instrument très ancien qu'il avait hérité de son père, qui l'avait lui-même hérité de son père, et ainsi de suite. On savait que Paithoon déjà utilisait ce même *bullhook*, et qu'il était probable que mon arrière-arrière-arrière-grand-père l'ait reçu en héritage de ses propres ancêtres. Quand je regardais ce crochet aux incrustations d'argent, si beau en apparence, je me demandais dans combien de peaux d'éléphants il s'était enfoncé. Combien d'oreilles, de nuques, de pattes, de trompes avait-il mutilées ? Je m'arrêtais presque aussitôt. C'était trop étourdissant, beaucoup trop effrayant.

*

J'étais l'unique enfant de mes parents. C'était très rare, à cette époque, de ne pas avoir une grande famille, et j'en ai souffert. Aujourd'hui, je suis content en y repensant, car si j'avais eu des frères, peut-être auraient-ils poursuivi les *phajaans*.

Mais nous sommes en 2017, j'ai soixante-quatre ans, mes parents ont disparu, et me voilà le dernier héritier du *bullhook*. Je ne m'en suis servi qu'une seule fois en cinquante ans. Je le montre aux touristes, je leur explique comment on l'utilise. Car il y a aujourd'hui – que Bouddha en soit mille fois remercié – de plus en plus de gens qui s'intéressent au triste sort de mes beaux éléphants. Sura, qui est aussi vieux que moi, me regarde et m'écoute tandis que je narre les atrocités dont sont encore victimes ses semblables à l'heure où j'écris ces lignes.

On dit que pour intéresser les humains aux éléphants, il faut faire exécuter à ces animaux des tours ridicules, les faire peindre des tableaux sur une toile avec leur trompe, et toutes sortes d'autres stupidités. Je crois que c'est tout à fait faux. Ce matin encore, une petite fille blonde à la peau rose, qui vient d'un pays nommé Suède, a regardé Sura dans les yeux. Je sais bien qu'elle y a trouvé plus que tous les tours imaginables. Je l'ai vu sur sa figure, qui s'est éclairée comme un lampion tandis qu'elle disait à mon ami des mots que je ne comprenais pas.

Car on trouve dans l'expression d'un vieil éléphant – surtout s'il n'a pas été rendu fou ou amorphe par des traitements indignes – autant de sagesse et de bonté que chez Boon Mee, mon maître le moine, qui est toujours là lui aussi, à quatre-vingt-douze ans, pour veiller sur la paix de mon esprit.

Durant toutes ces années, Boon Mee est demeuré dans son monastère à la sortie du village, n'en sortant que pour mendier sa nourriture. Il est resté dans mon cœur ma vie entière. Je suis si heureux qu'il existe.

3

— Tuez-la ! Maintenant ! Tuez-la !

Oh, je ne pouvais en croire mes yeux. C'était bien trop épouvantable. Le plus terrifiant de mes cauchemars n'égalait pas cela.

Les grandes bêtes formaient un cercle dans la clairière ; elles poussaient des barrissements stridents qui venaient aux oreilles comme des guêpes furieuses. J'aurais voulu crier moi-même, mais il ne me restait plus de salive, juste une pâte infecte qui engluait ma bouche.

J'avais dix ans.

— Kiet ! Agite les bras ! m'a crié mon père.

Mais je suis resté inerte. Autant faire de la musique pour un buffle, comme dit un de nos proverbes, lorsqu'on parle à quelqu'un qui n'est pas en mesure de comprendre.

Alors mon père a secoué la tête, furieux, et il a recommencé à hurler, pour les autres cette fois :

— Tuez-la ! C'est la plus puissante ! C'est elle qui va attaquer !

L'éléphante était très grande, avec sur le sommet du crâne deux énormes bosses qui m'ont fait penser à des collines. Elle avait une curieuse peau grêlée ; le derme épais était piqué de petites taches blanches qui allaient en s'élargissant à mesure qu'elles montaient vers la trompe, presque entièrement couleur crème.

Je n'avais jamais vu de pachyderme aussi furieux ni aussi menaçant.

Au très jeune âge qui était le mien, je n'avais entendu parler que d'une seule personne tuée par une grande bête dans notre entourage : un *mahout* du village voisin qui avait été écrasé par un jeune mâle dans des conditions qui demeuraient obscures. Je savais, bien entendu, qu'il fallait respecter certaines règles si on voulait éviter un accident, mais les éléphants n'avaient jamais représenté pour moi une menace réelle. N'étaient-ils pas notre quotidien, notre gagne-pain et, d'une certaine manière, nos outils ?

Ce jour-là, dans la clairière, devant la fureur de la grande femelle à la trompe blanche, j'ai compris que, si elle l'avait désiré, cette bête aurait pu nous massacrer tous, tous autant que nous étions, et il y avait onze hommes en plus de moi dans la forêt.

Mais la matriarche, la femelle qui gouvernait le destin de sa petite troupe, ne nous aurait pas agressés en temps normal. D'ordinaire, elle était occupée, au cœur de la forêt, aux tâches qu'elle accomplissait depuis des décennies, aux rapports si compliqués et riches qu'elle entretenait avec sa famille. Si elle nous menaçait, ce n'était que parce qu'elle désirait défendre les siens.

La détonation a résonné non loin de moi. C'était le fusil de Yod Rak le chasseur. Il était le seul du village à posséder une arme à feu, ce qui lui assurait un grand prestige.

Mais comme il était aussi pauvre que nous, il ne pouvait se procurer des cartouches de qualité, et une fois sur deux au moins, le coup ne partait pas. Lorsque le fusil faisait feu malgré tout, il répandait dans le sous-bois une forte odeur de moisi, et un nuage noirâtre s'élevait de la bouche de l'arme. Le calibre était impressionnant – il fallait cela pour tuer un éléphant –, mais le chasseur mettait beaucoup de temps pour recharger ; il était hors de question de rater sa cible.

En cette aube, dans la forêt, la balle de Yod Rak est passée juste au-dessus de la tête de l'éléphante, cassant une branche d'arbre.

Je ne sais quelle est exactement l'étendue de l'intelligence des grandes bêtes – car j'en apprends encore chaque jour sur les prodigieuses capacités de Sura, même après cinquante-quatre ans de vie commune, et les spécialistes du monde entier font des découvertes fascinantes à ce sujet –, mais en tout cas, dans cette clairière, la femelle à la trompe blanche a sans nul doute compris que Yod Rak venait de tenter de l'assassiner.

Alors c'est elle qui l'a tué.

Tandis qu'il s'efforçait d'extraire la douille qui, dilatée par l'explosion de la mauvaise poudre, s'était coincée dans la culasse du fusil, l'éléphante a foncé sur le chasseur. Elle est passée près de moi. J'ai senti la terre trembler sous sa charge furieuse. Si elle avait infléchi sa course de quelques mètres seulement, elle m'aurait écrasé. Yod Rak a glapi comme un lapin quand il a compris qu'il n'aurait le temps ni de recharger ni de se cacher. Mais comme c'était tout de même un homme brave, il a levé son fusil pour s'en servir comme d'une massue, et c'est ce dernier souvenir que je garde de lui, cette silhouette dérisoire face à la matriarche.

La trompe blanche a saisi Yod Rak par son bras tendu, envoyant valser l'arme inutile, et l'a enlevé du sol tel un fétu. Ensuite, l'animal a fracassé le corps du chasseur contre le tronc d'un teck. J'ai clairement entendu le craquement des os sur le bois.

Yod Rak est retombé dans la mousse vert tendre, désarticulé, comme le pantin de bois que ma grand-mère Sumalee m'avait offert le jour de ma cinquième année.

— Maladroit ! a hurlé Lamon, mon père.

Est-ce qu'il s'adressait au mort ? Ce n'était pas impossible. Les *phajaans* l'avaient au fil du temps rendu de plus en plus étrange.

Il est parti en courant comme une flèche à travers la clairière, semblant ne plus se soucier de la matriarche qui levait haut la trompe pour barrir et paraissait d'une certaine manière épouvantée par le crime qu'elle venait de commettre.

Alors j'ai compris que mon père gardait à l'esprit la capture. Que la perte de Yod Rak ne lui importait pas. Il était tout entier à son obsession, comme ce marin dont un touriste américain m'a raconté l'histoire, ce capitaine voulant à tout prix retrouver la baleine blanche qui lui avait volé sa jambe.

Lamon le *mahout* voulait le jeune éléphant qu'il était venu chercher ; nous aurions tous pu mourir dans cette forêt qu'il se serait encore acharné à le capturer seul. Il agissait comme si la femelle dominante avait été mise hors d'état de nuire, bien que ce ne fût pas le cas.

J'ai senti un flottement dans les rangs des hommes qui nous accompagnaient. Le plus sage, à l'évidence, aurait été de s'enfuir pour se mettre hors de portée de la légitime fureur de la bête.

— Allez ! Isolez-le ! a braillé mon père en agitant les bras au-dessus de sa tête.

Il parlait de celui que nous nommerions Sura, l'animal que nous étions venus chercher, et qui se cachait loin derrière avec d'autres femelles dissimulées elles aussi dans les basses frondaisons.

Par solidarité familiale, ou parce que, comme Lamon le *mahout*, j'étais par hérédité un peu fou moi aussi, je suis allé droit sur la matriarche, en criant encore plus fort que mon père. J'ai vidé mes poumons, poussant les hurlements les plus aigus que pouvait produire ma gorge serrée par l'effroi.

L'éléphante à la trompe blanche s'est cabrée. Que venais-je faire devant elle ? Mon attitude ne servait véritablement qu'à me faire tuer ; ce n'était utile en rien, ni pour la capture ni pour autre chose. J'ai vu le dessous d'une patte de la bête, qui était large comme une grande assiette, et tout à coup m'est revenu à l'esprit que les rois d'autrefois, dans notre pays et ailleurs, faisaient exécuter les condamnés par des éléphants qui leur écrasaient la tête sur un billot.

« Je me suis jugé moi-même, et je me jette au-devant de mon bourreau », me suis-je dit.

C'était une pensée bien étrange pour un petit garçon. Je n'avais plus toute ma tête le jour de cette épouvantable scène, mais il y avait dans tout cela un fond de vérité : j'étais humain, je faisais partie de la troupe qui venait tourmenter les éléphants paisibles. Comment la matriarche aurait-elle pu savoir que j'étais noyé de dégoût et d'horreur, que j'aurais tant donné pour ne pas me trouver là, sous les ordres de mon père furieux ?

Elle l'a su, pourtant. Aujourd'hui je n'en doute plus. Car elle aurait pu me tuer cent fois. Il aurait suffi qu'elle écrase de son poids inimaginable l'être chétif que j'étais.

Mais quelque chose dans mon cri perçant lui a fait entendre ma détresse. Peut-être a-t-elle reconnu, dans le timbre de la voix du petit garçon qu'elle surplombait, des accents de sa propre enfance, ou de celle des éléphants qu'elle avait engendrés ?

La matriarche s'est laissée retomber en écartant les pattes pour être sûre de ne pas me piétiner. Un bref instant, dans cette folie, nous nous sommes regardés. J'ai vu les trois paupières de l'œil de l'éléphante : la supérieure, l'inférieure, la troisième qui protégeait l'iris brun. Tout autour, la peau épaisse était plissée, profondément crevassée.

— Éléphante, ai-je dit.

Je n'avais rien trouvé d'autre. C'était sorti de ma bouche sans que je l'aie commandé.

La trompe crème a accompli une sorte de « s » très lent dans l'espace, au-dessus de moi. Cela disait bien l'indécision de la grande bête.

Puis, le jeune mâle que nous étions venus ravir s'est mis à baréter, derrière moi, dans les bois où finissait la clairière.

Les oreilles de la matriarche se sont aussitôt écartées, elles ont claqué contre son crâne telles des voiles qui faseyent, et j'ai su que j'étais perdu, car l'éléphante ne me contournerait plus s'il s'agissait de retrouver son protégé. Elle me piétinerait, juste pour aller au plus court.

Le coup de feu a claqué si près de nous que j'ai cru avoir le tympan percé. La matriarche a grogné, une seule fois, avant de tomber sur ses genoux. J'ai bondi en arrière, réussissant à éviter d'être pris sous l'animal. C'est alors que j'ai aperçu Sajja, le forgeron. Il brandissait le fusil de Yod Rak, dont le canon fumait à la façon d'une pipe d'opium. Il paraissait à moitié mort d'épouvante.

— Merci ! a-t-il dit.

Mais c'était à moi de le remercier ! Sajja me parlait-il, ou s'adressait-il à Bouddha qui avait mis fin en une seconde à la vie de l'éléphante ? Il aurait alors dû dire « pardon » plutôt que « merci », car il venait de tuer une grande bête. Tuer un éléphant était une terrible faute pour un bouddhiste. Maya, mère de Bouddha, l'Éveillé, n'avait-elle pas rêvé qu'un éléphant blanc sortait de son ventre, ce qui avait annoncé la venue de son fils merveilleux ?

La matriarche n'était plus. J'ai hoché la tête en direction du forgeron, sans savoir quoi dire, car si ma vie était sauve, le crime commis était affreux. Puis je me suis tourné vers l'endroit de la clairière d'où s'élevaient de nouveaux barrissements, et j'ai couru. Les feuilles humides cédaient sous la plante de mes pieds en produisant un bruit de succion.

4

— Incapables ! Qu'est-ce que vous faites ?

Mon père était pourpre de colère. Il a tout juste tourné la tête quand je l'ai rejoint. Il était occupé par le petit groupe d'éléphants qui se trouvait coincé entre deux bosquets trop touffus pour être traversés, même par les grandes bêtes.

Couper toute retraite à des éléphants affolés était ce qu'on pouvait faire de plus dangereux dans la forêt. Autant se jeter nu sur une panthère. Mais Lamon le *mahout* faisait fi de toutes les règles. La prudence la plus élémentaire l'avait abandonné. Je crois qu'il ne devait son ascendant sur les autres qu'au fait qu'il était l'héritier de Paithoon. Les ancêtres sont une chose très importante chez nous, et le respect qu'ils inspirent est immense.

Je ne doute pas que si un Occidental avait agi dans son pays comme l'a fait mon père ce jour-là au cœur des bois, personne ne lui aurait obéi, et on aurait peut-être même fini par l'enfermer dans une maison de fous. Mais parce qu'il avait pour lointain ascendant un homme prestigieux qui dressait les éléphants de guerre du roi, tout le monde a obéi à Lamon le *mahout*. Il n'est de culture parfaite : si nous glorifions la famille, notre adulation des anciens l'emporte sur la logique et la prudence.

— Tendez la corde ! Là ! Vous y êtes presque !

Mon père criait si fort que les veines de son front saillaient comme des vers de vase.

– Ce n'est pas prudent ! Ce n'est pas prudent ! a crié Sajja, qui m'avait rejoint.

J'ai éclaté d'un rire idiot, tant l'euphémisme m'a frappé. Non, ce n'était pas prudent ! Lamon le *mahout* allait tous nous faire tuer.

– Ne ris pas, crétin d'enfant ! s'est égosillé mon père. Tire la corde avec les autres ! Regarde ! Là ! Là !

Le pied du jeune mâle était bel et bien pris dans la boucle coulante de l'épais câble de chanvre. C'était le plus difficile à réussir, même quand tout était mené calmement. J'ai discerné dans cette bonne fortune quelque chose qui avait plus à voir avec les démons qu'avec Bouddha.

Aujourd'hui, ceux qui veulent les capturer anesthésient les jeunes éléphants ; tout est beaucoup plus facile pour les ravisseurs. On tire sur l'animal, la seringue hypodermique délivre la dose, et on n'a plus qu'à attendre le sommeil de la proie. Reste le risque que les autres éléphants qui entourent la victime empêchent l'accès à l'animal endormi. Qu'importe : s'ils s'obstinent à défendre leur congénère, on les tue au fusil d'assaut. Aujourd'hui, en 2017, trois ou quatre éléphants sont assassinés pour un qu'on capture. Tout le monde peut se servir d'une Kalachnikov AK-47. Son maniement est à la portée d'un enfant. On est loin de la cible, les rafales meurtrières criblent de balles les grandes bêtes...

Mais nous étions évidemment trop pauvres pour user de ces techniques modernes, et au moment où Sura a été capturé, les éléphants que nous traquions demeuraient tout à fait éveillés ; ainsi, la manière dont nous nous y prenions à l'époque ne supportait pas la moindre fantaisie. De plus, dans son étrange démence, Lamon avait jeté son dévolu sur un animal plus âgé que ceux qu'on capturait d'ordinaire.

Il était rare qu'on veuille dresser une bête de plus de quatre ou cinq ans. Sura, lui, avait sept ans au moment où mon père l'avait repéré dans la forêt ; *mahout* insatiable en quête perpétuelle de nouveaux esclaves, il avait choisi cet éléphant qui lui plaisait. Mais plusieurs mois avaient passé, et Sura avait déjà huit ans lorsque nous nous sommes enfin attelés à sa capture. Ainsi, tout depuis le début a été mené de travers pour l'enlèvement de celui qui devait devenir mon ami. La seule constante, le seul élément qui est demeuré identique au rapt des autres bêtes, c'est la souffrance. Jamais on n'enlève un éléphant à son environnement et à sa famille sans provoquer chez lui et chez ses compagnons de la douleur physique et morale. On ne saurait trouver d'animal plus sociable que lui. Plus encore que l'homme il me semble, l'éléphant ne vit que par les relations qu'il entretient avec ses semblables. On le ravit à son milieu et le plus souvent, dans le même temps, on assassine devant lui ceux qu'il a côtoyés depuis sa naissance, et pour lesquels il a une affection démesurée. Le *phajaan* n'a pas commencé que déjà l'esprit de la bête est anéanti.

L'homme qui se tenait le plus près de moi dans le groupe qui traquait Sura a marmonné des incantations en dialecte *lao soum*. Il avait épousé une fille de notre village, mais il était originaire du Laos et dans les moments d'excitation, sa langue lui revenait. Si tous devaient s'enfuir de cette clairière, il serait le dernier à décamper, tant était grand son désir de se faire accepter de notre clan.

J'ai aidé à tourner l'extrémité du câble autour de deux arbres. Nous étions maladroits car nous ne quittions pas des yeux les éléphants entourant celui que nous avions commencé à entraver.

Dans un coin de mon champ de vision, sur la gauche, j'ai aperçu Sajja qui épaulait.

« Lourd sera ton *karma*, forgeron... »

Telle a été ma pensée tandis que tonnait une fois de plus le lourd fusil de Yod Rak.

Le projectile a frappé une femelle à l'épaule. La bête a fait un violent écart, et elle s'est pris la jambe dans le câble de chanvre avant de tomber de côté.

— Ha ! Ha ! Ha ! Victoire ! s'est écrié Lamon le *mahout*.

Mais personne ne lui a répondu car le spectacle était abominable et, surtout, aucun triomphe n'était encore assuré.

Pourtant, comme pour répondre à la tirade exaltée de mon père, deux éléphantes se sont détachées du petit groupe avant de foncer dans l'étroit couloir qui s'ouvrait entre nous. Elles n'ont pas cherché à nous piétiner, ce qui était tout à fait inhabituel en de telles circonstances. Elles se sont juste enfuies. Tout semblait soudain, inexplicablement, jouer en notre faveur. Je sais que les hommes du village, aussi superstitieux que moi, n'ont pu manquer de se le dire également.

Traversant la clairière aussi vite qu'elles le pouvaient, les fuyardes se sont enfoncées dans les bois, faisant craquer mollement les branches mortes qui jonchaient le sol humide.

Mon père a grogné de satisfaction.

Il ne restait plus, sur la scène de ce crime, que le grand cadavre de la matriarche, loin derrière nous dans la clairière, et ici, dans le bois, l'éléphante blessée et le jeune mâle que l'étreinte du câble de chanvre rendait fou.

— Il faut l'achever, a dit Sajja en parlant de la bête sur laquelle il avait tiré.

Sa voix disait désormais qu'il comprenait l'énormité de sa faute. Bien plus tard, le forgeron m'avouerait combien il regrettait cette incursion dans la forêt.

« J'essaie de ne pas y penser pendant le jour, Kiet, mon ami. Mais mon esprit n'est pas en paix. Chaque nuit, les deux éléphantes que j'ai tuées me rendent visite. Elles ne me disent rien. Leurs yeux sont tristes, non pour elles, mais pour moi. Je sais pourquoi elles viennent. C'est afin de me dire que je serai réincarné en éléphant. Crois-tu qu'alors on viendra me faire du mal, comme moi j'ai fait du mal aux femelles ? »

« Je ne sais pas, Sajja. »

« Que Bouddha nous éclaire tous, Kiet, mon ami. »

5

En ce jour funeste de ma dixième année, Sajja a encore tiré sur l'éléphante blessée. Mais c'en était fini des coups chanceux. La deuxième balle n'a pas mis fin à la vie de la femelle. Le lourd projectile a juste troué son oreille droite.

– Malédiction ! a tonné mon père. Tu es un idiot, Sajja ! Donne-moi ça !

Il a saisi le fusil par le canon. J'ai entendu un grésillement, puis une odeur de cochon grillé m'est venue aux narines : l'arme était brûlante, Lamon le *mahout* venait de s'en rendre compte. Au lieu de maudire sa propre inconséquence, il a encore crié, en secouant la main :

– Sajja ! Que Thotsakan t'emporte ! Tu m'as brûlé ! Passe-moi ce fusil par la crosse ! Qu'on en finisse !

Le forgeron l'a considéré avec stupeur, et une rumeur inquiète s'est élevée dans les rangs des hommes. Il ne fallait jamais évoquer le roi des démons. Encore moins lorsqu'on se trouvait dans une situation de danger.

Sajja a secoué la tête.

– Non, Lamon, je ne te le donne pas.

– Quoi ? Quoi ?

– Tu n'as plus ta raison.

Devant nous, l'éléphante était en train de se relever. Quant au jeune mâle, il se tordait sur lui-même pour échapper au câble, mais ce faisant il resserrait le nœud coulant autour de sa patte.

– Par Kumbhakarna ! Par Intharachit ! Aaaaaaarrrrrh ! Je veux le fusil !

Mon père allait-il citer tous les démons puissants ? Tham Boon le pêcheur, qui était venu avec nous par devoir car il n'aimait guère poursuivre les éléphants, a émis un grondement d'indignation.

– Cette fois, Lamon, tu dépasses les bornes ! Il y a déjà un mort, et tu insultes la religion de surcroît ?

Ses yeux ne cessaient d'aller et venir entre l'éléphante et nous. Cet homme était plus âgé que mon père, et il possédait d'ordinaire un caractère égal. Mais il était aussi le plus religieux de tous les gens du village ; il ne pouvait évidemment supporter les invocations démoniaques de Lamon le *mahout*.

– Je m'en vais, a-t-il encore dit.

Et il est parti.

– Très bien ! Restons entre vrais hommes ! a sifflé Lamon. Et maintenant, Sajja, je t'ordonne de me donner le fusil, ou il va t'en cuire !

Mais le forgeron avait rechargé. Sans écouter mon père qui lui criait aux oreilles, il a épaulé et il a fait feu.

L'éléphante a été touchée au poitrail. Un long jet de sang clair est sorti de la blessure, et le barètement qu'elle a lancé en levant sa trompe vers le ciel m'a anéanti. Le jeune mâle a tiré sur le câble, d'une brusque secousse qui nous a tous surpris, puis il a essayé de nous charger.

Chez un éléphant de son âge, particulièrement dans cette situation, c'était tout à fait exceptionnel. Cette bête voyait celle qui le protégeait d'ordinaire se faire exécuter sous ses yeux. Il aurait dû être épouvanté, certainement pas vindicatif.

Heureusement – pour notre sinistre entreprise en tout cas – que nous étions neuf hommes à tenir ce câble, et que deux troncs d'arbre aidaient à freiner la course du gros lien de chanvre. Autrement, le jeune mâle se serait libéré et nous aurait massacrés.

— *Sura* ! a dit mon père.

Dans notre langue, cela signifie « brave ». Et c'est ainsi, dans ces horribles circonstances, que mon ami a été baptisé par les humains.

Le lourd crâne de l'éléphante a basculé vers l'avant, à la façon d'un rocher qui tombe dans un ravin, et c'est avec autant de violence qu'il a finalement frappé le sol. La femelle avait rejoint sa matriarche.

Mon père a effectué une sorte de pirouette en sautant en l'air ; c'était lui, en définitive, qui avait l'air d'un démon.

— Il est à nous ! Cette fois, il est à nous ! Kiet, voici ton éléphant ! Oh ! Oh ! C'est une grande nouvelle, et elle est officielle ! Mon fils a son propre éléphant !

« Je n'en veux pas », ai-je pensé. « Je donnerais ce que j'ai de plus cher sur cette terre, et plus encore, pour que tout se remette en place par la magie de Bouddha. Que la matriarche et l'autre éléphante soient encore vivantes. Nous insultons l'Esprit, Boon Mee le dirait, j'en suis sûr. Nous dérangeons l'ordre du monde. »

Le jeune mâle, Sura, a follement tourné sur lui-même, comme pour confirmer ce que je ressentais.

Mais je n'avais que dix ans, et je suivais les règles immuables qui prévalaient dans notre village, alors j'ai dit :

– Oui, papa.

Mais il en fallait plus à Lamon le *mahout*. Désormais, je devine pourquoi : les gens qui accomplissent des actes méchants savent presque toujours ce qu'ils font. C'est comme si nous avions, nous les hommes, une prescience du mal. Il n'est souvent pas nécessaire qu'on nous l'enseigne. C'est dans la tête depuis la naissance. Moi, je crois que c'est parce qu'on est réincarné, et qu'on se souvient un peu de ses vies précédentes. En tout cas, on sait, oui, on sait ce qui est contraire au bien. Alors, une des premières préoccupations de ceux qui commettent des crimes est de se justifier à leurs propres yeux en prenant des complices. Ainsi, on tente de se persuader que si tout le monde agit dans le même but, même si celui-ci est hideux, cela signifie que c'est légitime.

Lamon le *mahout* ne voulait pas seulement que je participe à cette boucherie : je devais me montrer enthousiaste.

– Tu ne te réjouis pas ? Est-ce qu'on peut faire un cadeau plus précieux que celui-là ? Un éléphant ! Je te le demande, Kiet, mon fils ?

– Attendons au moins, papa, que l'éléphant soit capturé, ai-je dit pour me tirer d'affaire. Cette bête-là n'a pas l'air commode.

Je ne pouvais regarder mon père en face. Je regrette tant de n'avoir tout arrêté là… Pourquoi ne suis-je rentré au village, même si c'était pour ensuite affronter les quolibets et les insultes ? Je désavoue les actions du garçon que j'étais, et plus encore je suis tourmenté d'avoir continué à me soumettre, si longtemps, tellement, tellement longtemps après la capture de Sura. N'obéissez pas aux ordres infects ! Désertez si vous le pouvez, enfuyez-vous plus tôt que je n'ai su le faire.

Mais ne suis-je pas trop dur dans le jugement que je porte sur l'enfant que j'étais alors ? À dix ans, on est si faible et si vulnérable.

Il n'était pas impossible que les deux éléphantes qui avaient fui reviennent. Nous étions là depuis des heures, à tenter de fatiguer Sura. Elles pouvaient surgir n'importe quand. En fait de munitions, Sajja avait encore trouvé trois balles sur le corps sans vie de Yod Rak, mais on ne peut tuer deux grandes bêtes avec un seul projectile et, le temps de recharger, nous aurions tous été piétinés.

Très vite, nous avions réussi à emprisonner une deuxième patte du jeune éléphant, mais il ne se laissait pas faire. Assurément, il méritait le nom que lui avait donné mon père. Lamon le *mahout* me dirait plus tard que cette bête était la plus vaillante de toutes celles qu'il avait capturées. Et mon père avait pris beaucoup de grandes bêtes à la forêt.

La nuit arrivait lentement lorsque nous avons entendu le rugissement.

C'était la grande peur de Duangdoon, ma mère, qu'elle m'avait communiquée à force de récits terrifiants. Le Seigneur venait.

— Ah ! Le voilà ! a dit mon père, comme s'il saluait la visite attendue d'un camarade.

J'ai saisi dans mon dos le manche du *meedh moh*, le couteau magique sacré que Boon Mee m'avait offert le jour de mon septième anniversaire. C'était une arme occulte puissante qui luttait contre les fantômes. Un de mes oncles possédait lui une hache magique *kwan moh*, mais je savais qu'elle était moins forte que ma dague, car celle-ci avait été fabriquée par Boon Mee lui-même, qui avait utilisé les métaux ésotériques et s'était servi de toutes les techniques appropriées pour que sa création soit redoutable.

Si mon *meedh moh* pouvait combattre les fantômes, il devait avoir son utilité contre le Seigneur.

– Il ne faut pas rester ici ! a murmuré un des hommes.

Nous nous trouvions dans la pénombre. Je ne suis pas sûr d'avoir reconnu celui qui s'était exprimé, mais je me souviens que mon père lui a répondu :

– Ne t'inquiète pas. Le Seigneur s'attaquera au cadavre de la matriarche. Et s'il veut absolument goûter de l'homme, ce sera le corps de Yod Rak qui sera mangé. Le chasseur est déjà passé, il s'offre à lui comme un repas facile.

– Quelle abomination ! s'est écrié Sajja.

– Oui, le Seigneur est cruel, a répondu Lamon, sans comprendre que le forgeron avait commenté ses paroles sacrilèges.

6

Sura s'était immobilisé en entendant le rugissement. Puis il s'est mis à s'agiter en tous sens, poussant des cris plaintifs. Lui aussi pouvait être victime du Seigneur, maintenant que les femelles n'étaient plus là pour le protéger. Il était loin d'avoir atteint sa maturité et, même s'il était déjà très fort physiquement, il avait encore le cerveau fragile d'un enfant dorloté.

Mongkut et Pichaï, les deux frères menuisiers qui ne se quittaient jamais, ont lâché en même temps le câble de chanvre.

— Il faut partir, Lamon, a dit Mongkut.

Mon père a tapé du pied sur la mousse, faisant jaillir un peu d'eau écumeuse.

— Reprenez immédiatement cette corde !

— Non, a dit Pichaï.

— Alors allez-vous-en, ton frère et toi ! Oui, vous avez raison, partez ! Vous voyant isolés, le Seigneur sera ravi de vous attaquer.

— Il nous attaquera même si nous sommes en groupe. Le Seigneur n'a pas peur de nous. Il est invulnérable, et il le sait.

Pichaï se trompait. Il n'est rien que l'homme décide ; il n'est rien que l'animal décide. Le *dharmachakra* – la grande roue de la loi de Bouddha – préside à nos destinées.

Le Seigneur serait vaincu. Mais personne, dans les rangs de ceux qui cherchaient à contraindre l'éléphant, n'aurait pu deviner ce qui allait se produire.

Le Seigneur a montré son pelage à travers les troncs tourmentés des arbres. Son corps était très long, et il m'a semblé maigre, ce qui était une bien mauvaise nouvelle, car cela signifiait qu'il avait faim.

Finalement, la peur avait eu raison des velléités de fuite des frères menuisiers, et ils étaient restés à tirer sur la corde. J'avais quant à moi l'impression que si je ne lâchais pas le chanvre, j'avais une petite chance de ne pas mourir immédiatement. C'était une sensation insupportable ; je croyais vraiment qu'en ce soir de toutes les malédictions, je m'assurais une survie immédiate en échange d'une faute si grave que je serais condamné dans mes vies futures au cycle perpétuel et infernal du *samsara*, sans jamais pouvoir atteindre le *nirvana*.

Oui, je crois que j'aurais voulu mourir avant d'avoir accompli tout cela. Je l'ai bien désiré, je l'ai souhaité si fort que je pensais tomber là, mais j'ai survécu à ma peine, et j'ai juste continué à vivre ce cauchemar.

— Seigneur tigre, épargne-nous, a murmuré Sajja.

Je me rappelle avoir songé que le Seigneur ferait ce qu'il avait à faire, et que son rôle était de manger les hommes. Pourquoi aurait-il montré plus de pitié pour nos pauvres personnes que nous n'en avions eue, nous, pour les éléphants ?

Le fauve mince au corps sans fin ne s'intéressait pas aux cadavres. C'était bien à nous qu'il en voulait. J'ai su qu'il ne partirait pas avant d'avoir au moins emporté l'un des humains qu'il voyait s'agiter à travers les branchages. Peut-être était-il même capable de s'attaquer à l'éléphant prisonnier du câble de chanvre.

– Tue le Seigneur ! a sifflé mon père en donnant une violente bourrade à Sajja. À quoi te sert le fusil ? Tue le Seigneur !

Mais sa voix tremblait. Même noyé dans la folie, Lamon le *mahout* savait que tout cela allait encore plus mal finir.

Au petit matin, nous avions quitté le village, sûrs de nos forces et conquérants. Nous étions désormais tremblants. Telle est la forêt.

« Ô, mon *meedh moh* ! Sois l'ambassadeur de Boon Mee et protège-moi des sortilèges ! » ai-je demandé à mon couteau magique.

À ce moment précis, le Seigneur tigre a attaqué.

Aujourd'hui, on ne trouve presque plus de ces fauves dans notre pays. Ils ont tous été tués par le fusil, ou chassés par la déforestation. Il me faut avouer que je suis partagé à propos du Seigneur tigre, car en défendant les éléphants, j'ai appris à comprendre qu'il faut aussi protéger les autres bêtes, mais le Seigneur a, au cours des décennies passées, emporté beaucoup d'entre nous.

Lorsque j'avais quatre ans, il est arrivé une chose affreuse, dont les habitants du village ne se sont jamais entièrement remis : cinq amis étaient partis pêcher sur le fleuve, dans une barque, avec des filets. Chacun appartenait à une des principales familles de notre bourgade.

Le temps était beau, la saison des pluies venait de s'achever et on trouvait beaucoup de poissons dans les hautes eaux.

Tandis que les compagnons se trouvaient au milieu du fleuve, ayant déjà commencé à lancer le rets, ils ont aperçu, loin sur la rive, un grand tigre. Le Seigneur est connu pour ses bonds fabuleux, mais à cet endroit il y avait au moins cent pieds entre la barque et le fauve qui rôdait sur la berge.

Alors les pêcheurs ont ri, nerveusement, de cette chance qu'ils avaient. S'il le fallait, ils passeraient la journée sur l'eau. Et si cela s'avérait nécessaire, ils se laisseraient dériver plus loin... Il n'y avait en tout cas pas de raison de s'alerter. Bien sûr, comme nous tous, ils savaient que le Seigneur tigre était bon nageur.

Mais ils ne croyaient pas que c'était à ce point.

Le fauve au pelage rayé s'est mis à l'eau, nageant dans leur direction. Les hommes ont relevé les filets à la hâte, tandis que deux d'entre eux manœuvraient les avirons. Ils se sont lancés dans le courant, qui était paresseux à cet endroit. L'ennui, c'est que le tigre, évidemment, bénéficiait lui aussi de ce courant. Il a commencé à rattraper la barque. Oui, le Seigneur est vraiment un nageur remarquable. Sa tête ne cessait de grossir, encore et encore. Les hommes ont commencé à évoquer Bouddha. Un des pêcheurs avait vu la nuit passée un hibou se percher sur le toit de sa maison, ce qui est chez nous le signe de catastrophes à venir ; un autre avait entendu au matin le son émis par un gecko, événement peut-être encore plus terrible en guise de présage épouvantable, car pour bien faire, cet animal ne doit se faire entendre que lorsque les étoiles brillent dans le ciel. Pour finir, un de ces hommes, intrépide ou stupide, avait coupé ses cheveux le mercredi précédent, ce qui était une véritable provocation contre le mauvais sort. Aussi certaines personnes du village en ont-elles tiré la conclusion que les pêcheurs avaient été punis pour n'avoir pas écouté les avertissements, et inutilement bravé les interdits.

Quand le fauve s'est trouvé à trois pieds de la barque, un des pêcheurs lui a donné des coups d'aviron sur la tête, mais cela n'a servi à rien. Le Seigneur est monté dans le petit bateau, il a mordu à la cuisse celui qui l'avait frappé, et il l'a emporté dans l'eau avec lui. Comme l'homme se débattait, il l'a mordu à la gorge ; ensuite, il a nagé avec sa proie jusqu'à la berge, et a tiré sur l'herbe le corps sans vie. Puis il a replongé, nageant à nouveau vers la barque.

Est-il possible d'imaginer la terreur des pêcheurs ? Je crois que j'aurais perdu la tête, et c'est peut-être ce qui s'est passé pour les hommes qui n'avaient pas écouté les présages. Ils ramaient de toutes leurs forces, mais leurs gestes devaient être rendus désordonnés par la panique, et le fauve nageait trop vite.

Les hommes ont jeté sur l'assaillant tout ce qu'ils ont pu : filets, lests, nasses, et la boîte de bambou qui contenait leur repas. Le Seigneur est remonté dans la barque. Il a pris un autre homme. Il l'a tué. Il l'a emmené vers la rive, où il l'a allongé à côté du premier cadavre.

Le monstre rayé est encore revenu deux fois. Sur les cinq compagnons qui étaient partis au matin pour une joyeuse partie de pêche, il n'en est resté qu'un dans la barque. On prétend au village que c'est parce que le Seigneur voulait qu'il reste un témoin pour narrer son exploit. Mais peut-être qu'il considérait qu'il avait assez chassé pour lui et les siens. Des petits tigres ont sans doute, cette fois, mangé de l'homme.

Le pêcheur survivant est resté dans la barque à dériver, prostré au fond de la coque plate, la joue dans l'eau croupie empestée par les poissons morts. Lorsque finalement l'embarcation a été arrêtée par les basses branches d'un arbre affleurant le courant, il a dormi et, dirait-il plus tard, ses compagnons lui sont apparus en rêve pour lui dire de venir les rejoindre.

Quand, au jour de la capture de Sura, le Seigneur nous a assaillis, j'ai pensé au pêcheur qui n'avait pas été mangé ; il se nommait Udom. Cet homme encore jeune restait devant sa maison à divaguer. Le fauve avait emporté le corps de ses amis et lui avait, dans le même temps, volé pour toujours son entendement.

7

Sajja nous a sauvés.

Il a trouvé en lui assez de courage pour tirer sur le tigre, presque à bout touchant. Je me souviens qu'à l'instant précis de la détonation, Sura a lancé un barrissement interminable, et aussi que certains des hommes criaient.

La forêt s'était transformée en pandémonium. C'est sans doute ce que les hommes finissent par récolter, lorsqu'ils commettent leurs actes cruels : un avant-goût de ce qu'ils auront à subir dans leur réincarnation, qui ne les verra pas progresser en direction de l'état de bouddha, mais s'assurer au contraire des siècles et des siècles de *samsara*, où sans cesse les criminels renaîtront dans la souffrance.

La balle du fusil de Yod Rak n'a pas touché le fauve ; je l'ai entendue s'enfoncer dans l'humus dans un bruit sourd. Mais le museau de l'assaillant a été criblé de particules de poudre incandescentes, et il a pris feu.

Le Seigneur a gémi, presque comme un chaton. Il n'avait jamais connu cette douleur, et je me demande si ce n'est pas la surprise, plus que la souffrance, qui l'a fait s'enfuir.

Il a bondi dans les fourrés, laissant derrière lui un arc d'urine sombre et malodorante.

— Tu l'as eu ! Ah ! Oh ! Tu es un vrai maître, je te laisse le fusil ! a tonné Lamon le *mahout*, en donnant à Sajja une bourrade si violente que le jeune forgeron a failli tomber.

— Oui, je l'ai eu, euh, je ne l'ai pas vraiment eu, non ? Puisqu'il n'est pas mort ?

— Il s'est enfui comme un lâche !

Pichaï a fait claquer sa langue.

— Lamon, n'insulte pas le Seigneur ! Il n'a aucune blessure grave, il pourrait s'offenser et revenir pour se venger !...

— Oui, se venger en nous tuant tous, a renchéri Mongkut.

— Vilains singes, vous êtes plus peureux que les bêtes les plus couardes ! s'est indigné mon père. Ne lâchez pas cette corde, il ne faut pas que l'éléphant s'enfuie !

Sura devait être arrivé au bout de sa panique, car il demeurait prostré une minute, puis s'agitait convulsivement pour retomber aussi vite dans une immobilité morbide. Il ne cherchait même plus à se défaire des liens entravant ses jambes. Ses oreilles frémissaient, sa trompe s'allongeait comme un serpent qui se détend dans l'attaque, et redevenait molle. Les deux pires ennemis qu'il pouvait trouver sur cette terre venaient à lui en une seule journée : les hommes et puis le tigre, que la matriarche lui avait appris à redouter, car si Sura se trouvait pour une seule seconde hors de la protection des adultes, ce fauve n'hésiterait pas à s'en prendre à lui.

— Nous ne sommes pas peureux, c'est toi qui es malade d'esprit, a grogné Pichaï.

— Tenez cette corde, je vous dis ! Regardez, est-ce que l'éléphant ne faiblit pas ? Hé, hé, Sura, malgré ton nom, nous trouvons une limite à ta résistance ! C'est pour cela que l'homme est supérieur ! Hé, hé, Sura !... Ne me regarde pas comme ça ! C'est lui que tu dois voir, lui, Kiet, mon fils, car c'est à lui que tu obéiras. Kiet, donne-lui un coup de bâton, je crois qu'il est prêt.

— Non, papa, je ne veux pas.

— Toi aussi, tu as peur ? C'est normal, mon garçon. Tu n'as rien à craindre pourtant, je suis là, et...

— J'ai peur, papa, mais ce n'est pas pour cela que je refuse de frapper l'éléphant. C'est juste que je n'en ai pas envie.

Deux singes *surili* sont passés au-dessus de nos têtes, haut dans les branches ; la nuit tombait, et ils allaient trouver leur refuge pour y dormir d'un sommeil aux aguets.

— Est-ce que tes envies ont quelque chose à voir avec le fait que tu te soumettes à moi, Kiet ? Sans doute ai-je mal compris ta réponse...

— Je ne veux pas.

— Tu vas frapper cet éléphant, Kiet, a dit mon père, avec dans la voix une menace que je connaissais bien.

— Non.

Un bourdonnement d'indignation s'est fait entendre autour de nous. Quelle que soit la situation, un garçon de dix ans devait obéissance absolue à ses aînés, c'était inscrit dans nos coutumes et ne souffrait aucune discussion. Pour un temps, les hommes en oubliaient même la démence de Lamon le *mahout*.

— Nos actes mauvais nous vaudront la malédiction d'un infini *samsara*, ai-je dit. Il est encore temps de renoncer. Autrement, comme les racines du *nang yaem* tuent les autres plantes et cassent les maisons, nos méchancetés nous étrangleront nous-mêmes si nous les laissons croître. C'est Boon Mee qui me l'a expliqué. Il sait tout des choses de l'esprit, chacun peut en témoigner. Réfléchissez, hommes du village ! Vous voyez qu'aujourd'hui tous les signes sont contre nous !

Mongkut s'est raclé la gorge avant de répondre.

— Un enfant ne doit pas décider. Les éléphants nous font vivre, et nous en avons pris un. Il faut le ramener.

— Il y a encore une minute, Mongkut, tu disais à mon père qu'il fallait s'en aller ! Est-ce que tu changes d'avis sans cesse ? Ce n'est pas l'attitude d'un homme ! Les *phra phum*, fantômes et esprits propriétaires de la forêt ne veulent pas de nous aujourd'hui. Comment ne vous en rendez-vous pas compte ? Nous allons tous disparaître !

Mongkut a convulsivement porté la main à son pendentif, minuscule représentation de Bouddha en or massif, qui ne quittait jamais son cou et représentait la quasi-totalité de ses biens terrestres. On lui enviait beaucoup ce trésor.

— Les *phra phum* ? Tu crois, Kiet ?

— Tais-toi, fils ! a hurlé mon père, qui sentait que la situation lui échappait. Tu parles en vain, tu mérites un châtiment !

Il levait la main quand le rugissement nous a tous statufiés.

Le Seigneur n'était pas parti. Il venait exécuter ses représailles.

Avec beaucoup de peine, tant il tremblait, Sajja avait rechargé le fusil. Mais le Seigneur ne se montrait pas ; on l'entendait seulement. Une fois, à droite, il grognait, et nous nous tournions dans cette direction, mais la fois d'après c'était dans notre dos qu'il rugissait.

On aurait pu imaginer que c'était son cri d'attaque qui était le plus effrayant, mais je trouvais, moi, que les sons qu'il émettait maintenant, et qui avaient à voir avec la douleur qu'il devait éprouver à cause des brûlures, résonnaient plus sinistrement encore.

– Ne relâchez pas la tension sur la corde ! a dit Lamon.

Dans ces circonstances, son obsession devenait absurde. Il n'y en avait que pour l'éléphant. Si mon père avait utilisé cette énergie à des fins positives, il aurait été le meilleur des hommes de cette terre.

Mais nos compagnons ne l'écoutaient plus. Trois d'entre eux avaient déjà lâché le câble et cassé des branches aussi grosses que possible. Ils les tenaient devant eux comme les hommes d'autrefois, ceux qui vivaient dans des grottes, devaient brandir leur massue devant les grands animaux qui leur faisaient tellement peur.

Si le Seigneur tigre n'avait été blessé, peut-être aurait-il trouvé ça drôle, ces humains armés de bouts de bois. Que pouvait une branche contre son omnipotence ? D'une gifle, il pouvait briser la nuque d'un cerf à cornes brunes.

Il n'y avait pas grand-chose pour se défendre dans cette forêt. Je commençais à me demander si, à l'instar de l'épilogue de l'aventure atroce des pêcheurs, l'un d'entre nous seulement resterait en vie pour raconter ce qui s'était produit, ou si nous allions tous être anéantis dans le grand ventre humide et sombre des bois, sans que personne jamais n'entende plus parler de ceux qui étaient partis capturer un éléphant.

C'est alors que j'ai entrevu le pelage roux, presque au ras du sol.

Ça a été fugace, comme une tache vive dans les fourrés. Ce ne pouvait être un singe ni un de ces mammifères herbivores qu'on peut rencontrer dans nos forêts. Avec les rugissements qu'on entendait à intervalles réguliers, les barrissements de détresse poussés par Sura et les interjections des hommes, des singes se seraient tenus dans les hautes branches, hors de portée des crocs et des griffes. Quant aux herbivores, ils ne se seraient jamais approchés.

Mais j'ai à nouveau aperçu quelque chose qui filait à travers les fourrés, et autre chose, un peu plus loin. Toujours de cette couleur rougeâtre. J'ai discerné une queue touffue...

— Les chiens rouges ! a crié Pichaï.

C'était ainsi qu'à cette époque, au village, on nommait les dholes.

8

Ils étaient extraordinairement nombreux ; peut-être est-ce la raison pour laquelle ils se sont risqués à attaquer le tigre, à la nuit tombante qui plus est, alors que les dholes préfèrent en général la pleine lumière du jour. Ils grouillaient littéralement dans le bois et émettaient des sortes de sifflements, comme pour se compter, s'assurer qu'ils étaient tous là pour la chasse ; ou peut-être étaient-ils simplement excités ?

À bout de terreur, j'ai serré le *meedh moh* dans mon poing. Tous les tueurs de la création se donnaient-ils rendez-vous dans ce bois ? J'avais raison. Les *phra phum* nous en voulaient, c'était une évidence.

— Il y en a au moins cent ! a dit très haut Naowarat.

Des dix hommes de notre groupe, il était le plus âgé. Naowarat devait avoir cinquante ans à l'époque, et il conservait toujours un calme inébranlable. Pendant la Deuxième Guerre mondiale, vingt ans plus tôt, il avait combattu à Chumpon les Japonais qui envahissaient le pays, et il avait sauvé trois de ses camarades en se jetant sur une grenade. Bouddha devait considérer que la réincarnation de cet homme courageux viendrait bien assez tôt, car non seulement il n'était pas mort, mais il n'avait subi aucune blessure. Naowarat avait une idée étrange de la guerre, qu'il avait héritée des combats ancestraux du

Siam : il pensait qu'on devait se protéger d'une armure sur le champ de bataille, et il portait à même la peau, sous sa veste, une large plaque de fer rouillée remontant jusqu'au cou ; on l'avait, disait-il, beaucoup raillé pour cela, car la plaque pesait lourd et encombrait ses mouvements. Mais lorsque la grenade avait explosé, ses fragments n'avaient pas pénétré le fer...

Je n'ai entendu Naowarat élever la voix qu'à une seule occasion, et ça a été cette fois, dans la forêt. Nos nerfs étaient tant éprouvés par cette incroyable succession de catastrophes !

– Les chiens rouges ne nous en veulent pas à nous, a répliqué mon père. Mais son ton n'était pas assuré. Lui aussi, malgré la tempête qui tourmentait son crâne, commençait à être impressionné par tout ce qui nous arrivait.

– C'est après le tigre qu'ils en ont. N'entendez-vous pas ?

– Il y a beaucoup de chiens rouges. Il y en a trop, a répliqué Naowarat avec une sorte d'obstination morose provoquée par sa crainte superstitieuse.

On n'entend presque plus parler des dholes. C'est que dans notre pays, ils ont presque disparu. Il y en a qui disent que c'est parce que chez ces animaux, seuls le mâle et la femelle alpha du groupe se reproduisent, et qu'ainsi il n'y a pas assez de petits pour assurer la descendance. Mais ce n'est pas une bonne explication. Si le nombre des dholes s'est presque éteint dans notre pays, c'est encore le fait de la déforestation, et de l'homme qui gagne du terrain sur les bêtes.

Comme ma patrie a changé, en un peu plus de cinquante ans ! Des tas d'animaux s'en sont allés, et je ne reconnais plus nos montagnes ni nos bois décimés par les coupes claires. Dans le sud, tout est envahi par un tourisme vulgaire et clinquant, où nos femmes s'emploient tristement à distraire les hommes de l'Occident. Je préférais ce que nous vivions autrefois, même si nous étions très pauvres.

À choisir, entre le tourisme sordide et les dholes, je choisis les dholes, et pourtant...

Il n'y a pas de diables plus diables que ceux que nous appelions les chiens rouges. J'ai appris qu'il y a peu, en Assam, un groupe de ces animaux malins et féroces a tué un éléphanteau, malgré la défense acharnée de sa mère ; nombre d'entre eux ont été occis à cette occasion, mais ils ont réussi à manger le petit. Je n'en suis pas étonné. Quand ils sont en troupe, rien n'arrête les dholes. Ce sont des bêtes particulières, car elles ont l'apparence du renard mais la férocité du loup. Il leur manque deux dents par rapport aux autres canidés, et cette particularité, qui a permis de renforcer les muscles de leur mâchoire, rend leur morsure terrible.

Si le Seigneur tigre a gardé sa réputation, de nos jours dans nos forêts plus personne ne craint les dholes... simplement parce qu'ici, on ne les rencontre plus. Mais quand j'étais un petit garçon, tout le monde les redoutait. Une des raisons de l'appréhension qu'ils provoquaient venait sans doute du fait qu'ils déchiquetaient leurs proies vivantes, ce qui offrait un spectacle affreux. La panthère et le Seigneur tigre mordaient à la gorge, et c'en était aussitôt fini. Les dholes, eux, vous mangeaient pendant que vous étiez encore lucide.

— Pourquoi les chiens rouges viennent-ils alors que la nuit tombe ? a demandé Pichaï à mon père, comme s'il tenait Lamon le *mahout* pour personnellement responsable de cette anomalie.

— Je suis désolé de t'apprendre que je ne commande pas à toutes les bêtes du pays, mon cher Pichaï, a rétorqué mon père. N'oublie pas, s'il te plaît, de tenir la corde. Regarde, notre éléphant vient de se mettre à genoux. Encore un peu, et nous l'aurons brisé. Kiet, donne-lui un coup de bâton !

Cette fois, j'ai obéi. Oui, j'ai cédé, courbant l'échine devant les siècles d'obéissance aveugle aux aînés. Je veux croire que c'est parce que j'étais bouleversé par les événements ; mais peut-être que j'étais seulement lâche... J'ai frappé Sura pour la première fois. Je l'ai touché à la patte. Il a tressailli, mais il n'a même pas regardé dans ma direction. Son attention était fixée sur les fourrés, là où les dholes commençaient à s'attaquer au Seigneur.

L'auraient-ils fait si le grand fauve maigre n'avait été blessé ? Ce n'est pas impossible, car les dholes n'ont peur de rien. Le tigre est leur rival en matière de chasse, et ces bêtes ne s'aiment pas. Mais à cette époque, ils partageaient équitablement leur règne sur les bois : le Seigneur menait ses chasses au crépuscule et à l'aube – à la nuit parfois –, et ceux que nous nommions chiens rouges traquaient leurs proies en plein jour.

Les brûlures du tigre ont-elles présidé à la décision de l'attaque des dholes ? Je ne le saurai jamais. L'esprit des animaux nous est fermé, même si dans ce domaine les savants ont fait beaucoup de progrès. Il ne nous reste plus énormément de temps, à Sura et à moi. Est-ce que quelque magie scientifique me permettra de lire vraiment dans les pensées de mon éléphant, avant que nous soyons séparés par la mort ? Je crois que j'ai peur de ce que je pourrais y trouver.

Et lui, saurait-il exactement, alors, ce que j'éprouve, et l'étendue de mes regrets ?

– Frappe-le encore ! a dit mon père. Il n'a rien senti ! Tends le bras et touche-le à l'oreille ! Il est au sol, profites-en !

– Je ne peux pas ! Je ne veux pas...

Mais pendant ce temps, dans le cœur de la forêt, tout près, le combat continuait. Nous ne pouvions rien distinguer, surtout avec l'obscurité qui gagnait, obligeant à écarquiller les yeux pour y voir encore un peu à travers les arbres et les buissons. Mongkut a battu le briquet pour allumer une des torches que nous avions apportées, mais Naowarat s'est écrié :

– Non ! Pas maintenant ! On peut toujours discerner des silhouettes, mais si nous faisons du feu, plus rien ne sera visible hors de notre périmètre. Pour l'instant, il est plus important de voir que d'être vus.

– Frappe l'éléphant ! s'est entêté mon père, opiniâtre dans sa cruauté, sourd et aveugle à ce qui se passait alentour.

Je me suis penché pour essayer de toucher, de l'extrémité du bâton, l'oreille de Sura. Si je n'osais m'approcher plus, ce n'était pas par crainte d'être frappé d'un coup de trompe ou piétiné. J'avais honte, voilà tout. Ce que je redoutais par-dessus tout, c'était que mon regard rencontre celui de l'éléphant, car je savais, bien sûr, que j'y lirais une incompréhension qui me dégoûterait de moi-même.

– Arrête d'avoir peur ! Tu déshonores ta famille ! a grincé Lamon le *mahout*, prouvant une fois encore qu'il ne comprenait rien que sa propre loi.

J'ai tendu le bâton, dont la pointe a heurté l'oreille frémissante du jeune mâle.

C'est à ce moment précis que les dholes sont sortis des fourrés.

J'en ai compté cinq. Si leurs museaux n'avaient été ensanglantés, ils auraient eu une allure charmante. Ce sont de belles bêtes fines, et tout chez elles transpire l'intelligence, jusque dans leur maintien qui a quelque chose d'insolent. Mais les dholes n'étaient pas là pour se faire admirer. Ils nous soupesaient, avant d'aller rendre compte à leurs congénères de ce qu'ils auraient observé.

Non loin, la lutte contre le tigre arrivait à son apogée. Mais les dholes étaient si nombreux dans cette affaire qu'ils pouvaient se permettre d'envoyer en même temps des éclaireurs de notre côté. Comme j'étais un petit garçon et que j'avais vu bien peu de choses, j'ai été beaucoup moins apeuré par la vision de ces bêtes pesant à peine vingt-cinq kilos que par celle du Seigneur immense, mais c'était dû à mon seul manque d'expérience : les hommes qui m'accompagnaient se sont une fois encore figés.

— Les chiens rouges ! a bredouillé Sajja.

On aurait dit qu'il éprouvait le besoin de nommer l'objet de sa crainte.

9

Comme de nos jours, dans notre pays, les groupes de dholes excèdent rarement plus de trois ou quatre individus, ils n'attaquent presque jamais les humains. Et s'ils s'y risquent, c'est à un enfant isolé qu'ils s'en prendront, jamais à des hommes adultes en rang serré. Mais dans ces temps révolus, lorsqu'ils étaient aussi nombreux, leur audace était grande. Il arrivait aussi qu'ils soient atteints de maladies comme la rage, et alors ils représentaient un danger considérable. J'étais bien sot de n'être pas plus effrayé par cette meute.

C'est également le cas pour les humains, hélas : le nombre fait le danger, car cette multitude dans le groupe encourage les plus couards à attaquer en même temps que les intrépides. Il nous serait bien difficile de blâmer les animaux ; après tout, ce n'est pas eux qui ont inventé le lynchage.

Pour finir, la présence de Sura, le jeune mâle éléphant prisonnier, devait troubler les dholes. N'aurait-il pas été facile, se disaient-ils peut-être, de manger la chair de cette grosse proie entravée ?

Quelle décision auraient prise les éclaireurs ? Auraient-ils rapporté à leur clan que nous étions vulnérables, et qu'on pouvait nous manger, nous aussi ?

Le Seigneur tigre a rompu le sortilège ; surgissant dans la clairière attenante, poursuivi par des dizaines de dholes, il a voulu grimper dans un arbre, mais la branche qu'il avait choisie était trop fine, et elle s'est rompue. Il est tombé sur le côté. Aussitôt, une myriade de bêtes rouges, qui semblaient encore plus petites à côté de sa gigantesque stature, se sont jetées sur lui. D'un coup de patte, le fauve en a tué deux, gorge tranchée par les poignards de ses griffes. Déjà pourtant les dholes revenaient à l'attaque. Ils se sont rués sur le ventre à la somptueuse fourrure, et l'ont ouvert avec leurs dents.

Le Seigneur n'a pas abdiqué. Ce n'est guère dans l'habitude de ces fauves que je respecte plus que je ne les crains, surtout maintenant, maintenant que j'ai appris tant de choses sur le règne animal. Les dholes se sont acharnés. Ils étaient désormais si nombreux qu'ils recouvraient leur ennemi. Il n'y a pas eu de moment où j'ai pu me dire : le tigre est mort. Pas de transition. Ceux que nous appelions chiens rouges ont mangé vivant le fauve qu'ils affrontaient, et j'ai eu l'impression que le courage du Seigneur passait dans l'estomac des dholes, qui digéraient l'esprit de leur adversaire en même temps que sa chair.

La trompe de Sura se levait, s'abaissait. Le jeune éléphant tentait encore de se débarrasser du câble de chanvre, mais il était si affaibli – plus par les émotions, je crois, que par la véritable fatigue physique – que ses gestes étaient pataudes, sans aucune efficacité. Il paraissait parfaitement connaître les dholes et les redoutait à leur juste mesure. Sa mère avait dû l'instruire au sujet de l'extrême férocité de cette espèce.

– Les chiens rouges vont encore vouloir manger, a murmuré Naowarat lorsqu'il a vu que les assaillants se disputaient les derniers restes du tigre.

La nuit était tombée pour de bon. Même en forçant son regard, on ne distinguait presque plus rien.

– Allumez les torches, a dit mon père. Cela leur fera peut-être peur, à ces maudits chiens rouges.

« Kakakakaka ! » a fait un des dholes, qui était tourné dans notre direction.

– Je le savais ! C'est leur cri de chasse, a soufflé Naowarat, lugubre. Cela signifie qu'ils ne sont pas rassasiés.

– Tire-leur dessus, Sajja ! a ordonné Lamon.

C'était absurde. Un projectile contre cent ennemis toujours aussi affamés ?

Sura nous a sauvés. N'est-ce pas grotesque ? Il a protégé ceux qui venaient de tuer sa matriarche, ainsi qu'une autre femelle protectrice, et le tourmentaient depuis des heures.

Trouvant en lui des ressources que plus personne ne lui aurait soupçonnées, il s'est soudain dressé. Ma paume et mes doigts ont été brûlés par le frottement de la subite traction du câble de chanvre.

Le jeune mâle a posé ses pattes avant sur une énorme souche, pour agrandir sa taille – c'est une des techniques d'intimidation des grandes bêtes, lorsqu'elles sont vraiment en colère –, il a écarté les oreilles et a poussé un fort barrissement, lui qui depuis un long moment n'émettait plus que des grognements de frustration et d'angoisse.

Il a frappé du pied sur la souche, l'émiettant.

Je ne saurai jamais ce qu'il y avait dans ce barrissement. Nous autres – *mahouts* d'un côté, protecteurs de l'autre –, qui côtoyons quotidiennement les grandes bêtes, les comprenons mieux que la plupart des humains n'en sont capables, mais cela demeure bien peu de chose.

Sura a barri une autre fois, et une fois encore.

Les dholes, qui fourmillaient véritablement dans le bois, et dont nous entrapercevions la rousseur du pelage lorsqu'ils s'approchaient trop près des torches, ont mené une sorte de conciliabule. C'était si extravagant que j'en ai presque oublié ma crainte. Ces bêtes échangeaient des sortes de couinements, très différents de ceux qu'ils avaient émis pendant la lutte contre le tigre ; leur queue, qui était restée tendue, horizontale ou verticale, durant tout le temps de la chasse, reposait désormais contre leur arrière-train. À l'évidence, ils étaient relâchés, presque décontractés, car ils avaient parfaitement compris qu'ils n'auraient pas à redouter une attaque de Sura tant qu'ils s'en tiendraient assez éloignés. Ils n'avaient pas l'air de plus nous craindre, nous, les humains. Qui sait s'ils n'étaient pas capables, ces êtres si rusés, de savoir que le fusil ne contenait qu'une balle utilisable avant que la meute entière soit sur nous ?

Dans nos rangs, personne ne parlait. Pichaï et Mongkut s'étaient pris par la main, comme ils le faisaient au village quand ils avaient bu trop de *sato* pendant les fêtes et qu'ils se croyaient revenus à leur petite enfance. La peur fait faire beaucoup de choses surprenantes.

Puis les dholes ont rompu leur conseil et ils ont foncé vers le corps de Yod Rak, à l'autre bout de la clairière.

On n'y voyait plus assez pour discerner ce qui se produisait exactement, mais le bruit des mâchoires ne laissait pas de doute : le chasseur finissait dévoré. Au moins avait-il la chance de ne pas être vivant pour sentir les crocs aigus s'enfoncer dans ses côtes.

Étant donnée la taille considérable de la meute, un corps humain ne pouvait lui suffire. Dès qu'ils en ont eu fini de Yod Rak – qui avait constitué le premier repas, car sa peau était sans doute plus facile à déchirer –, les dholes ont jeté leur dévolu sur la carcasse gigantesque de la matriarche.

À ce moment, Sura a poussé une sorte de geignement ; que personne ne vienne me dire que c'était par hasard. On mangeait devant lui celle qui depuis sa naissance avait guidé ses pas, et les gens qui s'imaginent qu'un éléphant ne peut comprendre cela et en éprouver une peine infinie sont des imbéciles.

Il y avait trop de viande dans le corps de la grande éléphante, même pour les dholes insatiables. Après de longues agapes, où les préséances avaient dû être respectées, la meute s'est tournée vers nous.

Pendant que les dholes festoyaient, nous avions assuré autour des arbres au tronc épais le gros câble de chanvre, et mon père avait même trouvé le culot de manger lui-même, puisant du riz et du poisson dans la boîte de bambou que nous avions emportée au matin, il y avait au moins un siècle, me semblait-il.

Je voudrais pouvoir dire que c'était là une manifestation de grand courage, car personne d'autre, dans de telles circonstances, n'aurait pu avaler une seule bouchée. Mais je n'y ai vu, et je n'y vois encore aujourd'hui, que la preuve d'une sorte de déraison. Les démons dont il nous entretenait avec tant de constance avaient depuis longtemps pris possession de l'esprit de Lamon le *mahout*.

10

Par pure animosité, ou pour éprouver la puissance infinie de leur meute, les dholes auraient pu nous tuer. Ils devaient en avoir envie.

Mais tel n'était pas leur caprice. Ils redoutaient peut-être aussi la venue de la nuit, ou au moins étaient mal à l'aise face à elle. Sans doute était-il temps pour eux de regagner leurs terriers.

Le temps de cligner des yeux, ils n'ont plus été là.

J'ai juste entendu deux ou trois de leurs sifflements particuliers, et puis plus rien, rien que le lent piétinement de Sura, qui restait debout et se dandinait en essayant sans conviction de se défaire du lourd câble de chanvre.

– Très bien ! a dit mon père.

– Ils ont mangé Yod Rak ! a gémi Sajja.

– Je crois que tu as gagné son fusil, forgeron. Tu t'en es bravement servi, même si je trouve que tu as été bien insolent avec moi, alors que je suis ton aîné de plusieurs années.

– Oh, non ! Je ne garde pas le fusil de Yod Rak ! Cela attirera sur moi son fantôme, et il doit être furieux d'avoir été tué de cette manière, et encore plus furieux qu'on l'ait mangé ! Il n'y aura pas d'inhumation, pas d'offrandes ! Est-ce une façon de partir ?

— Ça lui est égal, Sajja. Et maintenant, passons au *phajaan*, car nous avons perdu du temps et nous n'avons pas des vivres pour une semaine.

Naowarat a posé ses mains sur ses hanches. À la lueur des torches, ses rides semblaient plus profondes et soulignaient l'expression de son mécontentement.

— Le *phajaan* ? Lamon, mon ami, tu ne sais pas ce que tu dis ! Jamais, de toute mon existence, je n'ai vu de capture d'éléphant menée de façon plus déraisonnable. Le simple fait que cette bête soit si avancée en âge était déjà folie...

— Son esprit sera brisé tout de même. Je suis Lamon le *mahout*, descendant de Paithoon le *mahout*, et je sais tout ce qu'il y a à savoir sur les éléphants. Sura, puisque c'est désormais son nom, sera le meilleur des meilleurs. Je l'ai senti dès que je l'ai vu il y a des mois ; j'ai compris ses capacités. Il a l'air... il a l'air intelligent ! Il nous rapportera beaucoup. Tu auras ta part, Naowarat.

— Et Yod Rak ? Quelle part aura-t-il ?

— Mais... aucune, je suppose, puisqu'il est mort !...

Il y avait de l'ironie dans la réponse de mon père. Une espèce d'effronterie aussi, et même si en de nombreuses circonstances j'avais pu avoir honte de lui, j'ai su que ce dont il se moquait ainsi n'était pas de Yod Rak le chasseur tué par la matriarche, mais de la mort elle-même.

Il aurait plaisanté à propos de sa propre disparition.

— Si la veuve de Yod Rak ne reçoit aucun dédommagement, tu le paieras dans tes vies futures, Lamon, a affirmé Naowarat, infiniment sévère.

— C'est entendu ! a dit mon père, presque gaiement. Je lui donnerai la part du chasseur son époux. Allons, mes camarades ! Nous sommes ici dans la forêt, nous avons l'éléphant, et il est entravé. Qui serait assez idiot, dans de telles conditions, pour ne pas procéder au *phajaan* ?

« Moi ! Moi je ne veux pas, moi je déteste ça ! » ai-je pensé.

Lamon le *mahout* a lu dans mon esprit, car il s'est tourné vers moi et a déclaré :

– Comme c'est ton éléphant, Kiet, je compte sur toi pour faire plus que nous assister. À toi le plus gros de l'ouvrage.

Dans cette nuit sinistre, à l'aube de ma vie, alors que je n'étais qu'un garçon au jugement balbutiant, j'ai baissé la tête et je n'ai plus dit non, parce que j'étais épuisé et aussi parce que je savais que personne dans la forêt, pas même les fourmis sur les troncs moussus, ne prendrait la défense d'un garçon désobéissant à son père.

J'ai accompli la basse besogne qui demeure aujourd'hui, alors que j'ai soixante-quatre ans, la plus grande honte et le plus immense chagrin de toute mon existence.

Comment décrire le *phajaan* sans provoquer, chez ceux qui en entendent parler pour la première fois, incrédulité et répulsion ? Je m'efforcerai de m'en tenir aux faits.

Personne dans nos rangs n'est parti cette nuit-là. Il y avait l'appât du gain, bien sûr, qui assurait un semblant de fidélité, mais ce n'était pas seulement cela : malgré ses défauts, Lamon le *mahout*, mon père, savait mener les hommes quand il était question d'éléphants.

Nous avons réussi à prendre une autre patte de Sura dans une boucle de câble, et à le coincer entre trois arbres suffisamment proches les uns des autres pour construire la cage. C'est-à-dire que nous avons attaché aux troncs des tiges de bambou, verticalement, comme pour élever une prison rudimentaire au cœur de laquelle se trouvait Sura.

Les bambous étaient particulièrement épais, comme c'est toujours le cas pour ces pratiques, quand on n'utilise pas carrément des madriers ; car un éléphant, même encore très jeune comme l'était notre captif, est si puissant...

Ce qui est affreux, quand j'y pense, c'est que presque tous les éléphants qui sont ainsi capturés pourraient, s'ils usaient du maximum de leur force et s'ils trouvaient en eux plus de férocité, échapper aux hommes et recouvrer leur liberté. Mais ils sont si affolés, si traumatisés par la perte de leurs proches adorés qu'ils se laissent faire, le plus souvent. C'est qu'ils sont, d'une certaine façon, déjà brisés.

Les tortures ignobles qu'on leur inflige ensuite ne servent qu'à les asservir un peu plus par la crainte d'une autre souffrance, physique celle-là.

Parfois, j'ai du mal à croire que l'homme n'est pas mauvais. Et puis je me souviens qu'il y a d'autres gens qui ressentent ce que je ressens, qui agissent comme j'ai agi quand je me suis réveillé de ce cauchemar, et je reprends espoir.

— Rends-moi fier, Kiet, et mon *bullhook* est à toi ! m'a dit mon père d'une voix claironnante. Je te le prête pour ce *phajaan*, mais si tu le mérites, si tu broies l'éléphant, tu garderas pour la vie le *bullhook* de notre famille.

Un bourdonnement s'est élevé dans les rangs des hommes. Quelle promesse ! Cet instrument prestigieux, pour un si petit garçon ?

J'ai pris dans ma main ce qui était un peu le sceptre de notre clan, le symbole du pouvoir des descendants de Paithoon.

Le *bullhook* était très lourd pour moi. Son manche épais, au bois extrêmement dense, était bien fait pour frapper les articulations, pour infliger des impacts violents. Et surtout, surtout, l'extrémité de l'outil promettait la souffrance, avec cette petite pointe acérée destinée à faire plier la volonté de l'animal en exerçant la pression voulue, et puis ce gros crochet de métal, aiguisé comme un tranchoir, n'ayant d'autre utilité que de provoquer une douleur intolérable lorsqu'il est planté dans la chair, aux endroits les plus sensibles.

Aujourd'hui, on se sert aussi d'autres horreurs, et même de l'électricité, pour accomplir le *phajaan*. Si nous ne l'avons pas fait à l'époque, c'est peut-être juste parce que nous manquions d'argent pour ça, et que dans notre village les batteries puissantes n'existaient tout simplement pas encore.

Oui, maintenant, on électrocute aussi les éléphants pour les dresser afin que des touristes montent dessus faire leur petit tour glorieux. Je sais que cela semble invraisemblable. Mais ce que je ne voudrais pas, c'est qu'on pointe notre pays du doigt en affirmant que c'est parce que nous sommes un peuple particulièrement brutal que cela se passe ainsi chez nous.

C'est en Occident qu'un éléphant a été électrocuté pour la première fois, et je crois que cela vaut la peine d'être raconté.

Cela s'est passé aux États-Unis d'Amérique, au début du siècle dernier.

Topsy était une éléphante de cirque qui, en 1903, au Luna Park de Coney Island, avait tué un dresseur ayant voulu lui faire avaler une cigarette allumée. Les propriétaires du parc, Frederick Thompson et Elmer Dundy, avaient décidé qu'il pourrait être édifiant de la pendre, puisqu'on l'avait condamnée à mort. Mais la Société américaine de la prévention de la cruauté envers les animaux avait protesté. Finalement, la compagnie de l'inventeur Thomas Edison avait proposé d'électrocuter la pauvre bête. Qu'on n'imagine pas que c'était par grandeur d'âme. Ces gens voulaient juste prouver l'efficacité de leur nouvelle technique, et en public qui plus est.

Que dire de cela ?

Tout dans l'exécution de Topsy a été épouvantable ; pressentant sans doute qu'on allait lui faire du mal, l'éléphante a refusé de se rendre sur le lieu de son exécution, et on a dû procéder sur place à sa mise à mort. Il semblerait aussi qu'elle ait eu à souffrir bien d'autres tourments que cette simple mais déjà affreuse histoire de cigarette ; et, si elle était devenue violente, c'était qu'on avait tout fait pour que cela se produise.

Le film de ce meurtre incroyable – de cette exécution soi-disant miséricordieuse, aux dimensions si colossales qu'elle met en avant, plus que tout, la barbarie du procédé – est encore visible aujourd'hui.

En 1916, dans le Tennessee, les défenseurs des animaux n'ont cette fois rien pu faire pour empêcher qu'une autre éléphante, nommée Mary, soit pendue à une grue devant une foule de deux mille cinq cents personnes comprenant de nombreux enfants. La grue a cassé, faisant tomber Mary encore vivante, qui s'est brisé la hanche. On s'est employé à la pendre à nouveau, avec une autre grue, et on a réussi à mettre fin à son supplice.

Il y a beaucoup d'histoires du même genre à raconter à propos de ce qu'on a fait subir partout dans le monde à ces grandes bêtes sagaces, dont le raisonnement et la sensibilité nous demeurent pour une grande part mystérieux. Ce sont des géants à la force illimitée, mais on leur demande de subir des mauvais traitements, de courber l'échine encore et encore sans jamais se rebeller contre les humains, ces insectes qui ne leur sont pas bienveillants. Ils doivent se soumettre, et c'est tout, comme l'ensemble du règne animal doit le faire devant notre souveraineté.

Il y a plus de cent ans, on tuait déjà les grandes bêtes à l'électricité, on les pendait, on les brûlait, on les taillait en pièces au cœur même de l'Occident.

En Afrique, on les assassinait, et on les assassine encore au fusil mitrailleur pour leur voler leurs défenses. Des chasseurs à l'esprit perverti payent pour le droit d'un trophée grotesque.

Ce sont les hommes qui posent problème ; pas un pays en particulier. Encore moins une ethnie. Juste la nature des humains qui s'imaginent depuis toujours qu'ils ont sur les animaux des droits qu'ils n'ont pas.

Est-ce que je ne suis pas le mieux placé pour en parler, moi qui ai commis l'irréparable, moi qui ai tant offensé Bouddha et ses enseignements de paix ?

Homme parmi les hommes, j'ai moi aussi failli.

11

– Encore ! Encore, Kiet ! Plus fort ! Il ne sent rien ! Tu as plus de vigueur que ça, allez ! Mais allez !

J'ai planté le *bullhook* dans l'oreille de Sura. On avait réussi à l'enserrer si bien, entre les cordes et les bambous, que le jeune éléphant ne pouvait presque plus bouger. Il était à notre merci. Il remuait la tête comme pour se débarrasser d'une mouche.

Lamon le *mahout* exultait.

– Très bien ! C'est magnifique ! À ce rythme, il est à nous en deux jours !

« Je ne crois pas, non », me disais-je. « Sura est brave, il résistera longtemps à mes coups, et aux coupures, et au manque de nourriture, d'eau et de sommeil... Il nous tiendra tête, c'est certain. »

La situation mettait ma raison à l'épreuve, car une part de moi souhaitait que l'éléphant soit plus fort que les tortures que nous lui infligions. Plus je m'efforçais en apparence de briser sa volonté, plus j'étais désireux de le voir gagner contre les hommes maléfiques.

Un petit campement avait été installé près de Sura, au cœur le plus profond de la forêt, en attendant que le *phajaan* soit accompli. Les hommes, après avoir débarrassé le sol des feuilles en décomposition aux emplacements où il n'y avait pas trop d'eau croupie, avaient étalé leurs nattes et sorti leur nourriture. Certains dormaient déjà, à la lueur du feu de camp entretenu par des brassées de branches mortes ; dans quelques heures, ils remplaceraient ceux qui assistaient le *phajaan*.

Mon père avait exigé que je sois le premier à porter les coups. Le premier à user du *bullhook*.

— Comme ça, m'avait-il dit, Sura se souviendra bien du fait que tu es son maître.

Je pensais, moi, que le jeune mâle se rappellerait surtout que j'avais été son tortionnaire originel.

Exténué par tout ce que nous venions de vivre, et par cette nécessité atroce de frapper et couper l'éléphant, j'ai dit :

— Je dois dormir, papa.

— Tu n'as pas peur, n'est-ce pas ?

Comme était étrange, chez Lamon le *mahout*, cette crainte que son fils ne soit pas courageux. Il projetait sur moi le manque de confiance qu'il avait en lui-même ; mais à cette époque, j'étais trop innocent pour m'en rendre compte.

— Oh, non, je n'ai pas peur. Je suis juste très fatigué.

— Bien, a dit mon père.

Il a tendu la main pour prendre le *bullhook*, puis, dès qu'il l'a eu saisi, il a frappé la jambe de Sura avec une force terrible.

J'ai fermé les yeux et je me suis enfui vers ma couche avec au ventre une envie de hurler qui ne m'a plus quitté, plus de toute ma vie, et qui fait qu'aujourd'hui encore, moi qui deviens un vieil homme, dans mes rêves, je crie.

— Debout ! C'est à toi !

Ouvrant les yeux, j'ai aperçu dans l'arbre au-dessus de moi la face adorable d'un *lutung*, et dans mon demi-sommeil j'ai cru que c'était ce petit singe qui avait parlé.

— Que me veux-tu, singe ? Comment se fait-il que tu...

— Le *phajaan* n'attend pas !

Oh, non, c'était une voix humaine qui s'adressait à moi... Et un *lutung*, s'il avait pu s'exprimer dans la langue de notre espèce, n'aurait jamais dit une chose pareille. Les bêtes n'ont pas de *phajaan*.

C'était mon père, bien sûr, qui m'apostrophait ; pour être certain que je me lève vite, il m'a redonné un coup de pied dans les côtes.

L'aube était venue dans la grande forêt. Les rais mauves du nouveau soleil transperçaient les frondaisons, presque à l'horizontale, pour frapper les troncs d'arbre et les hommes qui rôdaient, et l'éléphant prisonnier, leur donnant à tous une étrange couleur.

Au-dessus de ma tête, un autre *lutung* a fait une pirouette, sa longue queue mince balayant l'espace.

Tandis que je bâillais, m'efforçant de m'extraire tout à fait de ma courte nuit peuplée de cauchemars, mon père a dit :

— Je suis très content.

— Ah bon ?

Je ne savais que répondre d'autre.

— Oui, mon fils, très heureux, vraiment. J'ai bien étouffé l'éléphant, il a cru cent fois qu'il mourait, et cent fois je l'ai rendu à la vie. Les grands linges mouillés sont très efficaces. Tu te feras aider de Pichaï et Mongkut pour recommencer tout à l'heure. Il faut que tu saches faire, c'est une très bonne technique. Ah, il y avait un peu d'eau par terre près de la trompe. Je l'ai vite enlevée. Il ne faut pas que notre nouveau protégé puisse boire pour l'instant. Si une flaque devait se reformer près de la cage, débrouille-toi pour la vider aussitôt.

— Oui, papa.

Il y a une phrase qui affirme que la fatigue fait d'un héros un couard. J'étais si épuisé par ces brutales péripéties que j'offrais de moins en moins de résistance. J'aime à me raconter que si j'avais été moins fatigué, je ne me serais pas laissé dicter ma conduite. Mais cette idée en accompagne une autre : j'avais dix ans, et j'étais malléable à cause de mon si jeune âge.

Saurai-je jamais vraiment pourquoi j'ai obéi en sachant que j'accomplissais des actes infâmes ? Chacune des étapes du *phajaan* nous enfonce, nous autres *mahouts*, dans une abjection de plus en plus manifeste. Nous n'avons même pas l'excuse de l'ignorance, comme chez ce savant d'un autre temps, dont j'ai entendu parler, qui prétendait que les animaux sont comme des automates, incapables de ressentir la douleur autant que nous, humains, la ressentons.

Personne ne connaît mieux les éléphants que les *mahouts*. Les grandes bêtes accompagnent notre vie ; nous les voyons agir, et aussi interagir avec leurs congénères et avec les hommes, jour après jour, pendant des décennies. Aussi sommes-nous aux premières loges pour observer leur sensibilité et les manifestations de leur souffrance.

Durant le *phajaan*, on ne fait rien d'autre que cela : leur infliger autant de mal que possible, en connaissance de cause.

La moitié des éléphants qui subissent le *phajaan* ne s'en remettent pas. Ils meurent sur le coup, ou dans les jours qui suivent leur supplice. Parmi ceux qui survivent, un grand nombre deviennent fous. Qu'y a-t-il alors de plus dangereux qu'un éléphant devenu incontrôlable ? Des tonnes de fureur… Ensuite, bien entendu, comme pour Mary, comme pour Topsy, on s'indigne de ce que ces bêtes soient si méchantes. Ne méritent-elles pas la punition suprême ? On les tue pour se préserver de leur vengeance, et parce qu'il faut absolument les châtier pour leurs fautes.

Si Sura n'est pas mort, c'est peut-être dû à sa force de caractère. Au fait qu'il était plus âgé que ceux que nous capturions d'ordinaire : cela lui donnait plus de résistance. C'est peut-être aussi parce que mon père avait une certaine habileté dans sa pratique, et qu'il voyait dans la perte d'un animal un grand manque à gagner. Normalement, il savait où s'arrêter avant l'irréparable.

Il n'est pas impossible aussi que le jeune mâle ait survécu parce que je lui ai donné à boire.

C'était à mon tour de le supplicier. Mon père avait fini par s'allonger pour dormir un peu. Lamon le *mahout* était debout depuis plus de quarante heures, et il s'était éreinté à frapper Sura, à lui prodiguer toutes les vilaines attentions que réclame un *phajaan* bien fait.

À l'instant où mon père avait commencé à ronfler, la discipline s'était relâchée dans les rangs des hommes. Pour un instant on n'avait plus à redouter ses hurlements, ses emportements, sa frénésie. Le groupe reprenait des forces.

Tout le monde s'est allongé, sauf Naowarat et moi. J'avais confiance en cet homme que je prenais pour un vieillard – alors qu'il était à l'époque plus jeune que je ne le suis maintenant –, et le respect dont on faisait preuve à son égard au village me donnait à penser que je serais bien inspiré de l'écouter, voire de l'imiter, si l'occasion m'en était offerte.

— Il faut frapper sa trompe, m'a-t-il dit. Nous avons remarqué tout à l'heure qu'il y est très sensible.

— Tous les éléphants y sont sensibles, Naowarat.

— Celui-là encore plus que les autres. C'est ton père qui l'affirme.

Il y avait dans la voix de l'homme, qui vingt ans plus tôt avait volontairement sauté sur une grenade pour sauver ses compagnons, comme un écœurement qui m'était véritablement très perceptible.

— Libérons-le ! ai-je soufflé tout à coup.

Une ivresse subite faisait battre mon cœur, et le sang, comme du feu liquide, me venait au visage.

Les traits de Naowarat se sont défaits ; il m'a considéré avec une expression coupable, comme s'il avait eu le tort de laisser filtrer quelque chose que j'aurais dû continuer à ignorer.

— Comment ça ? a-t-il dit.

Mais j'étais conscient qu'il cherchait juste à retarder sa vraie réponse, le temps de recouvrer ses esprits.

— Tu sais que c'est mal, Naowarat ! ai-je chuchoté. Défaisons la cage et les nœuds, nous dirons que ça s'est fait par accident !

12

Naowarat a hésité. Je crois que malgré l'extravagance de ma requête, cet homme a été bien près de me suivre. N'ai-je pas involontairement incarné, du haut de mes dix années, la voie de l'Esprit de Bouddha ?

– Mais... les autres ?

Sa voix était à peine perceptible. J'ai vu qu'il réfléchissait, lançant alentour des coups d'œil pour voir qui dormait ou pas.

Il me semble qu'en cette aube mauve tous étaient écrasés de fatigue, et qu'il aurait fallu beaucoup de bruit pour réveiller les dormeurs. Moi, Kiet, parce que j'avais dix ans, si on m'avait fait la proposition que j'ai faite ce matin-là à Naowarat, sans nul doute j'aurais tenté l'aventure. Il y en aura pour affirmer que c'est parce qu'à cet âge on ne mesure pas les conséquences de ses actes comme on le fait lorsqu'on est adulte. On n'en appréhende pas les répercussions sur sa propre existence ni sur celle des autres.

Cette idée est absolument fausse. Car la vie d'un garçon de dix ans dans notre pays, à cette époque, n'était pas aisée, et nous n'étions, nous les enfants, guère préservés des duretés.

Ce n'était pas l'inconscience qui me poussait à vouloir libérer Sura ; c'était la pureté de mon caractère, qui n'avait pas encore été souillé. C'était ce que Boon Mee m'avait répété jusqu'à ce que la lassitude, parfois, me prenne :

– Si tes actions sont mauvaises pour un autre être vivant, elles sont mauvaises pour toi, et mauvaises pour l'univers. Et lorsque tu te demandes si ce que tu t'apprêtes à faire est bien ou, au contraire, incorrect – apparemment sans le savoir avec certitude –, interroge le cœur de ton cœur. Ce qu'il y a en toi de plus profond. Car l'Esprit est en tous, et chaque réponse est déjà en nous.

– Mais alors, Boon Mee, tu crois que même moi, si petit, j'ai toutes les réponses cachées au fond du cœur de mon cœur ?

– Elles sont là, toutes. Jusque dans chacune des cellules de ton corps, aussi, parce que l'Esprit est partout. Chaque homme contient en lui la vérité du Bien.

Je comprenais parfaitement ce que signifiait le discours du moine mon ami. Mais la distance entre la conception d'une idée et l'application de cette même idée dans la vie réelle est parfois immense. Franchir cette distance relève dans certains cas d'un courage et d'une énergie plus grands que ceux nécessaires à la traversée d'un océan à la nage.

Il est, j'imagine, des philosophes qui discourent des vertus avec une grande intelligence, mais sont incapables de les mettre en pratique eux-mêmes. Quel est alors, vraiment, le poids de cette pensée-là ?

Boon Mee était un homme vertueux et bienfaisant ; il l'est resté tout au long de sa vie, et je ne peux le voir sans qu'un sourire, aussitôt, retrousse mes lèvres. Mais même lui, même ce moine qui a choisi la voie du milieu et mérite rien que pour cela l'admiration, même Boon Mee n'a pas eu à choisir, comme j'ai dû le faire, entre l'obéissance à sa famille et une voix intérieure qui l'aurait obligé à se révolter pour sauver un animal.

— Les autres ne se réveilleront pas avant que nous ayons libéré l'éléphant, Naowarat. Et nous courrons entre eux en poussant des cris, pour les affoler un peu plus, ce qui fera gagner du temps à Sura. J'ai réfléchi, je suis certain que les deux femelles qui se sont enfuies le retrouveront. Ou bien lui finira par les retrouver.

J'avais approché ma bouche de l'oreille de Naowarat, afin de tenir tranquillement mon discours de rébellion. Ainsi, je l'ai distinctement entendu gémir. Ce n'était pas un son qu'on imaginait sortir de la gorge de cet homme impavide. Je me suis reculé, le considérant avec surprise.

— J'ai des enfants et des petits-enfants, a-t-il finalement murmuré.

— Je sais, Naowarat. Awut ton petit-fils a le même âge que moi...

— Ils auront faim si je ne les nourris pas.

À cet instant, j'ai su que j'avais perdu. Peut-être est-ce cette seule idée de sa famille dans le besoin qui a décidé cet homme brave à s'opposer à mon projet. Car Naowarat était assez courageux pour affronter, si cela avait été nécessaire, l'accusation d'avoir laissé fuir un éléphant ; il n'avait plus rien à prouver, depuis longtemps. Comme c'est le cas chez beaucoup de gens qui ont côtoyé la mort de trop près, il se moquait de ce qu'on pouvait penser de lui.

Mais pour sa famille, Naowarat serait sans doute retourné à la guerre tuer d'autres hommes. Il aurait fait n'importe quoi si c'était aux fins de protéger les siens. Alors la vie d'un éléphant, ce n'était pas assez pour qu'il désobéisse à Lamon le *mahout* et perde la prime de capture.

Mon espoir s'est envolé. Cependant, en même temps que je comprenais que je ne pourrais libérer Sura, j'ai été pris d'une sorte de rage que je ne me connaissais pas. L'injustice provoque ce genre de phénomène. C'est très violent, comme lorsque la fièvre des marais vous saisit, que vous tremblez sans pouvoir vous arrêter, et que des images folles passent devant vos yeux tandis que, sous l'effet de la température, vous hallucinez.

Je suis allé droit sur la cage improvisée où Sura, vacillant, appuyait son front contre un des troncs, et j'ai escaladé les barreaux de bambou, puis je me suis assis derrière la tête de la grande bête, comme l'avaient fait avant moi sur d'autres pachydermes des milliers et des milliers de cornacs, de *mahouts*, tous les hommes qui, depuis des siècles et des siècles, avaient contraint les éléphants.

J'aurais dû mourir. Le *phajaan* était à peine entamé, et Sura n'avait pas encore été broyé. Au contraire, c'était le moment où l'animal était le plus dangereux, car il comprenait tout le mal qu'on voulait lui faire, et il n'avait pas encore assez souffert pour courber l'échine.

Sura avait cent façons de me tuer. Il pouvait me saisir avec sa trompe et me briser comme nous autres cassons une allumette entre le pouce, le majeur et l'index. Il pouvait me faire tomber pour me piétiner. Il avait aussi le loisir de me coincer entre son corps massif et les barreaux de bambou.

Mais il n'a rien fait de tout cela. Il s'est immobilisé ; ses oreilles ont lentement battu contre son crâne bosselé. Il n'était pas fébrile, mais vigilant, comme dans l'attente d'un événement qui allait par magie mettre fin à son mauvais rêve.

Aujourd'hui, sans entretenir à ce sujet le moindre scepticisme, je sais ce qui s'est passé en lui. Sura a perçu mes bonnes intentions.

Lorsqu'on fréquente les éléphants comme je le fais depuis plus de cinquante ans, on en arrive à la conclusion que, d'une manière incompréhensible, les grandes bêtes lisent dans notre esprit. Elles devinent souvent nos desseins avant que nous ayons agi, avant que nous soyons conscients, même, de ce que nous éprouvons. Cela a été démontré par des expériences menées par des scientifiques. Est-ce que la connaissance ne nous amènera pas à reconsidérer la façon dont nous traitons les animaux ? Car enfin, si l'étendue de la délicatesse de leur caractère nous est prouvée, il faudra un cœur de pierre pour continuer à leur faire autant de mal…

Le jeune mâle m'a, je crois, ce jour-là dans la forêt, offert la chance de le libérer. Avec une bonne lame – il y avait au campement plusieurs machettes tranchantes –, il n'aurait pas été difficile de couper les épissures et les nœuds qui fixaient les bambous aux troncs.

Peut-être aurait-il fallu un peu plus de temps pour le câble de chanvre qui entravait les membres de Sura, car il était énorme.

Mais je n'avais à la main que mon *bullhook*, et c'est un outil qui ne peut servir à beaucoup d'autres choses que la torture, puisqu'il a été conçu à cette seule fin.

— Sura ! ai-je marmonné, tandis que ma tête tournait et que je voyais les frondaisons au-dessus de nous mener un manège infernal.

L'extrémité de la trompe de l'éléphant prisonnier a touché ma main, celle-là même qui tenait le *bullhook*, puis elle est remontée vers mon visage. Je connaissais ce contact, car au village nous étions habitués aux grandes bêtes. J'en avais côtoyé des dizaines depuis que j'avais vu le jour. Cependant, c'était tout autre chose d'être touché par un animal sauvage.

Si on n'est pas idiot, on mesure vite la différence. Un chat de la forêt est mille fois plus dangereux qu'un chat domestique. S'il l'a décidé, il peut vous arracher le visage. Tout ce qui est sauvage est fort et redoutable, car dans la nature seuls les plus puissants, les plus agressifs survivent.

Aussi le contact de la trompe de Sura ne revêtait-il pas du tout la même signification que les caresses des éléphants dressés.

Lentement, cette trompe a suivi les contours de mon visage, comme l'auraient fait les mains d'un aveugle désirant connaître mes traits. L'extrémité en forme de poire était douce, avec cette petite excroissance ressemblant à un doigt qui venait chatouiller mes narines et explorait mes sourcils, mes cils. Mais la peau de la trompe était sèche, à cause de la déshydratation provoquée par les pratiques odieuses du *phajaan*. Un éléphant doit boire plus de cent litres par jour. Sura s'était pendant tout ce temps à peine mouillé les lèvres, avec le restant des flaques que nous nous étions empressés d'assécher.

— Ô, éléphant ! ai-je dit en me penchant contre la tête de Sura.

Lentement, la trompe a coiffé mon crâne, l'aspirant un peu vers le haut, en faisant ventouse.

« Est-ce qu'il ne va pas me tuer tout de même ? » ai-je pensé.

Je connaissais la force de cette trompe, et j'avais vu la veille Yod Rak soulevé du sol et écrasé contre le tronc de l'arbre. Les éléphants ne nous laissent jamais oublier leur puissance.

— Kiet ! Kiet ! Kiet !

C'était Naowarat. Il me regardait avec les yeux écarquillés ; il avait l'air d'un homme qui aurait vu Kra-Sue, le plus méchant des fantômes.

— Qu'est-ce que tu fais ? Descends !

Il parlait à voix si basse que je lisais sur ses lèvres plus que je ne l'entendais.

— Non, ai-je répondu.

Ce n'était pas sa faute, tout cela ; mais je lui en voulais beaucoup de ne pas m'avoir aidé dans ma révolte.

Naowarat a porté ses mains à son crâne, comme on le fait instinctivement devant l'imminence d'une catastrophe.

— Tu vas mourir !

— Non, car Sura ne me fera rien !

— Par Bouddha ! Par Ganga, déesse de l'eau !

Naowarat avait parlé un peu trop fort. Un des hommes a geint, et j'ai craint qu'il se réveille, car je voulais que tout demeure suspendu. Je désirais rester sur le dos de Sura sans que personne ne lui fasse de mal, et j'aspirais à finir par me fondre dans l'éléphant, pour que nous ne formions plus qu'un seul esprit, sans qu'il n'y ait jamais opposition entre l'homme que j'étais et l'animal que nous disions qu'il était, lui.

Les religions de l'Occident prétendent, m'a-t-on dit, que l'être humain a été fait à l'image de Dieu, et que par essence, les animaux lui sont inférieurs. Il n'y a pas de paradis pour les bêtes, et elles n'ont pas d'âme.

Mais chez nous, les bouddhistes, l'âme n'existe pas, et au gré de son *karma* – des actions bonnes ou mauvaises qu'on a accomplies au cours d'une vie –, on devient animal, ou on accède au statut humain. Pour nous, l'abîme entre la bête et l'homme n'existe pas...

Peut-être parce qu'il avait évoqué Ganga, la phrase de Naowarat m'a fait lui répondre :

— Donne-moi une gourde. Je veux faire boire l'éléphant.

C'était contraire à la loi du *phajaan*, et bien sûr Lamon le *mahout*, mon père, aurait été furieux d'une telle requête. Mais je savais que Naowarat ne refuserait pas. Il avait failli, d'une certaine manière, en n'écoutant pas la voix de Bouddha qui lui disait de m'aider à délivrer l'éléphant. Alors il devait au moins accepter ce que je lui demandais.

13

Silencieux et circonspect, surveillant les dormeurs, Naowarat m'a donné la plus grosse des gourdes que nous avions apportées. C'était une immense courge évidée, contenant au moins cinq litres.

Quand il l'a tendue au-dessus des barreaux, Sura a fait un léger écart. Il se méfiait de Naowarat, mais comme celui-ci ne l'avait pas frappé une seule fois, il devait moins le redouter que d'autres, comme mon père, s'étant déjà acharnés sur lui depuis des heures. Les éléphants savent très bien à qui ils ont affaire.

J'ai ôté le bouchon de la gourde qui était très lourde, mais mon bras était bien trop court pour que, par-dessus la tête de Sura, je puisse lui présenter l'eau. Pourtant le jeune mâle a senti le liquide. Sa trompe est venue rôder autour de la gourde, dont l'ouverture était heureusement très large, puis elle s'est enfoncée dedans.

Il y a eu un bruit de succion rapide ; j'ai senti que la grosse courge était vidée, d'un seul coup. Puis Sura a porté l'extrémité de sa trompe à sa bouche pour y souffler toute l'eau. Son corps entier a été parcouru d'un frisson.

— Ô éléphant !

Je ne savais comment exprimer ma joie. J'avais enfin pu faire un peu de bien à Sura. Que ne pouvais-je ressusciter la matriarche et l'autre femelle morte, ou, mieux, remonter dans le temps pour refuser d'entrer dans cette forêt afin d'y capturer une grande bête...

– Kiet ! Mon fils !

J'ai tourné la tête. Lamon le *mahout* se tenait debout près du feu. Les cheveux en bataille, les vêtements froissés par sa courte nuit, il tendait vers moi un doigt accusateur.

– Que fais-tu sur l'éléphant ? Kâla le glouton a donc mangé ta cervelle ?

J'ai d'abord cru que mon père avait vu la gourde, mais je me suis rendu compte que, de là où il se trouvait, il ne pouvait sans doute apercevoir le récipient.

Cependant, en entendant la voix de son plus impitoyable tortionnaire, Sura a perdu son calme. Il a fait un violent écart, cognant une paroi de la cage avec une force tellurique.

J'ai laissé tomber la courge évidée du côté où Lamon le *mahout* ne pouvait la voir. Qu'allais-je faire, maintenant ? Comment descendre du dos de Sura ? D'une seconde à l'autre, la trompe pouvait me saisir et me jeter au sol, puis les larges pieds de l'éléphant m'écraseraient, me faisant perdre toute forme humaine...

Sura a barété. Le peu d'eau qu'il avait bu ne lui avait-il pas rendu des forces ? Était-ce seulement possible ? Cinq litres pour un éléphant, c'est l'équivalent du contenu d'un dé à coudre pour un humain.

– Et toi, Naowarat ? a continué mon père en détournant son doigt tendu vers l'ancien soldat. Que fais-tu à regarder ainsi mon fils sans réagir ? Kâla s'en est pris à toi aussi, pour te rendre aussi bête ?

Comme la plupart des hommes avaient été réveillés par les cris de Lamon le *mahout* et par le barrissement anxieux de Sura, ce fut du campement presque entier que s'éleva un grondement écœuré. Naowarat était beaucoup trop respecté pour qu'on le laisse ainsi se faire grossièrement apostropher.

Néanmoins, moi, Kiet, fils de Lamon et de Duangdoon, j'étais perché sur l'éléphant qui n'avait pas été dompté. Alors on s'est tu, pour ne pas risquer d'aggraver la situation. Naowarat lui-même a pincé les lèvres sans répondre à mon père. Ce dernier a rejoint la cage à pas glissés, sans quitter Sura des yeux. On ne pouvait lui dénier une grande expérience quant à tout ce qui touchait aux pachydermes et, si cela était nécessaire, il savait utiliser un langage corporel qui calmait les grandes bêtes.

C'est alors qu'il a aperçu la courge, tout près de la cage. Il s'est arrêté, puis, froid comme les montagnes d'hiver, il a dit :

– Tu as abreuvé l'éléphant ?

J'aurais tellement voulu répondre oui, et affirmer que je recommencerais, et que, même, je libérerais Sura à la première occasion. Mais ceux de nos proches qui sont nos bourreaux ne le sont pas pour rien. Ils ont su créer cette relation où l'on courbe la tête devant eux.

C'est un tour bien facile à exécuter, aussi, avec un enfant de dix ans.

J'ai secoué la tête, et mon cœur battait trop vite quand j'ai dit :

– Non, papa. Je n'ai rien donné à l'éléphant.

– Ah, oui ? Et que fait cette gourde ici, je te prie ?

— C'est moi qui y ai bu, a dit Naowarat qui ne s'était pas éloigné, peut-être parce qu'il sentait que j'aurais besoin d'un appui.

— L'éléphant peut y boire également ! J'en ai vu qui ouvraient facilement des bouchons vissés sur des gourdes !...

— J'ai vidé celle-ci, Lamon. Il ne reste rien dedans. Que ne te préoccupes-tu plutôt de ton fils, qui est toujours sur l'éléphant ?

— Personne ne doit donner de l'eau pendant le *phajaan* ! Les règles remontent à Paithoon.

— On dit qu'il était cruel.

— Comment ? Comment ça ? Que prétends-tu, Naowarat ? Tu insultes la mémoire du héros de notre clan ?

— Je te dis surtout que personne n'a abreuvé cette bête, alors laisse-nous en paix. Et inquiète-toi plutôt de Kiet !

Il n'est pas fréquent que le mensonge soit noble ; mais ce jour-là, dans la forêt, j'ai aimé que Naowarat ne dise pas la vérité, pour protéger celui qu'il n'avait pu se décider à aider une minute auparavant.

— Je descends du grand Paithoon, moi ! a claironné mon père, ivre d'orgueil, comme s'il n'avait pas entendu l'ancien soldat.

C'est à cet instant que Sura est devenu frénétique. Certains diront que c'est une coïncidence, et peut-être est-ce vrai après tout, mais moi je suis étonné que le jeune mâle ait choisi pour faire entendre sa fureur le moment où on parlait de mon ancêtre, qui avait torturé tant de ses congénères.

S'il incarnait chez les hommes de notre village la gloire des guerriers dresseurs d'un autre temps, Paithoon n'avait jamais été, pour les grandes bêtes, autre chose qu'un ennemi terrible de malfaisance. Les esprits réincarnés se croisent, au fil des millénaires qui ne sont pour la terre que de minuscules fractions de temps. Les incarnations anciennes de Paithoon et de Sura s'étaient sans doute déjà rencontrées au cours de vies précédentes.

Là, au cœur de la grande forêt, ma vie aurait dû prendre fin. Car si monter sur le dos d'un éléphant sauvage quand il est calme est déjà une déraison, que dire de ce qui se produit lorsque la bête s'emporte ?

D'un coup d'épaule, Sura a brisé toutes les perches de bambou, pourtant épaisses comme un bras d'homme, qu'on avait liées aux troncs. Il a dégagé son corps de l'étreinte de la cage improvisée. Sa trompe, devant mes yeux, zébrait l'espace comme un fouet. Je me suis collé contre la tête du jeune mâle, faisant corps avec la peau rugueuse aux poils durs comme des tiges de métal.

« Protège-moi de ta fureur, Sura, je ne te veux pas de mal, je te souhaite la paix », ai-je dit, mais dans ma tête seulement, car je craignais que le son de ma voix n'attire sur moi la colère de la grande bête.

Un bref instant, Sura s'est cru libre, je crois. Il était confiné depuis des heures dans cette cage qui l'enserrait comme un corset ; pouvoir s'en libérer par la force et faire quelques pas, cela a dû être pour lui si grisant...

Mais il y avait le câble de chanvre, si épais, tressé avec tant de soin pour supporter les tractions les plus considérables ; à peine avait-il fait trois pas que le jeune éléphant a vu sa foulée stoppée net. Le tronc d'un des arbres autour duquel était noué le câble a vibré, tel un instrument de musique. Si Sura avait été adulte, peut-être aurait-il pu le déraciner. Mais il n'avait même pas encore atteint sa maturité sexuelle, il était trop jeune. Il lui manquait, comme à moi-même, quelques années pour accomplir ce que son cerveau lui dictait, mais que ses muscles lui refusaient encore.

— Plante le *bullhook* derrière son crâne ! a hurlé mon père. Ou là en bas, près de l'œil ! Fais-le ! De toutes tes forces !

J'aurais préféré mourir mille fois plutôt que d'obtempérer.

Sura s'est secoué, aussi violemment qu'un chien qui sort de l'eau. J'ai manqué tomber.

Les hommes formaient un demi-cercle autour de nous. Malgré les entraves, ils ne s'approchaient pas, et ils avaient raison, car le jeune mâle les aurait fauchés sans merci.

— Qu'est-ce que tu attends ? a encore crié mon père.

Je lui ai jeté le *bullhook*. Puis je me suis allongé sur le crâne bosselé de Sura, et j'ai dit trois fois, avec autant de solennité que j'en étais capable compte tenu de ma grande frayeur :

— Ô éléphant, apaise-toi ! Ô éléphant apaise-toi ! Ô éléphant... apaise-toi maintenant, s'il te plaît !

14

Il y a eu, dans la forêt, un long silence.

Devant moi, à la hauteur du front de Sura, deux grands papillons noirs ont voleté. Seule une minuscule tache blanche, à la base des ailes, tranchait sur leur velours sombre.

J'y ai vu un signe, mais de quoi exactement ? Était-ce Bouddha qui m'envoyait une énigme ?

De là où je me trouvais, je ne pouvais les voir, mais je savais que les yeux de l'éléphant roulaient dans leurs orbites. Sura, Sura, mon ami, que n'ai-je su, moi, ce que je devais accomplir pour faciliter ta fuite à cet instant précis...

Peut-être n'y avait-il rien à faire. Mais chaque nuit ou presque je revis la scène. Je suis hanté, comme l'est Sajja le forgeron, et sans doute beaucoup d'autres qui ont été amenés, à un moment de leur existence, à participer au massacre des éléphants.

La différence, en ce qui me concerne, c'est que j'ai chaque jour sous les yeux ma victime pour me rappeler que je n'ai pas bien agi.

– Tendez la corde ! Servez-vous des troncs pour faire palan ! a soudain crié Lamon le *mahout*.

La magie silencieuse s'est rompue, les papillons ont disparu, et Sura a fait un écart si brusque que je suis tombé.

J'ai atterri devant le jeune mâle, sur un tapis épais de feuilles corrompues. L'odeur de mort de la forêt m'est venue aux narines, car tout ici périt et renaît bien plus vite qu'en plaine, plus vite que dans la montagne ou dans les villages.

Je ne me suis pas fait mal, j'avais l'habitude des chutes. Avec d'autres enfants, je grimpais sans cesse le long des troncs depuis que j'avais l'âge de marcher.

Aussi, j'étais absolument lucide lorsque j'ai vu l'énorme patte juste au-dessus de mon crâne.

Comme ce devait être épouvantable, quand on était condamné à cette mort par des bourreaux sadiques, d'avoir la tête posée sur le billot, et de voir s'élever au-dessus de ses yeux le pied de l'éléphant !

Maintenant, je sais ce qu'éprouvaient les pauvres suppliciés.

Lamon le *mahout*, mon père, a poussé un cri déchirant, dont je me souviens avec d'autant plus de netteté que c'est sans doute la seule fois, de toute ma vie, où il a laissé transparaître de l'attachement pour moi.

Le pied de Sura est demeuré suspendu plusieurs secondes. Le jeune mâle paraissait n'accorder aucune attention à ce qui se passait autour de lui, et c'était comme si son membre se trouvait par hasard au-dessus de ma tête. Bien sûr, ce n'était pas le cas.

Tout à coup, le corps de Sura a été traversé par une vague ondulante, et ses oreilles, ainsi que sa trompe et sa queue, se sont agitées convulsivement. Je ne sais toujours pas exactement ce qui s'est passé là, car la seule fois où j'ai retrouvé chez mon ami un comportement semblable, c'est lorsque, échappant à ma vigilance, il avait bu plusieurs litres de bière à même un tonneau éventré.

Pour tout dire, Sura a agi en ce jour, dans la forêt, comme s'il était saoul ; quant à savoir pourquoi... Le chagrin, l'effroi, la colère, l'incompréhension, et ce petit garçon qui se trouvait à sa merci, sous son pied... Tout cela devait faire beaucoup pour lui.

Il ne m'a pas écrasé. Faisant un pas de côté, il a au contraire pris grand soin de ne pas me toucher.

— Tirez sur la corde ! Tirez ! Tirez ! a braillé mon père.

J'ai roulé sur moi-même jusqu'à être loin de Sura, et j'étais heureux de n'avoir pas été tué, mais triste en même temps car je savais que désormais le jeune mâle n'échapperait plus au *phajaan*.

Il a fallu trois jours de plus pour briser Sura.

Et puis, finalement, on a broyé son esprit.

C'est en tout cas ce que j'ai cru sur le moment, tant on s'était acharné à casser le psychisme du jeune éléphant. Je ne mangeais plus. Je n'ai rien avalé tout le temps qu'a duré le *phajaan*, et nulle pression exercée sur moi – ni les menaces de mon père, ni la sagesse de Naowarat, ni la gentillesse de Sajja – n'aurait pu m'obliger à prendre une bouchée. Si cela avait été possible, je serais retourné couper les liens de Sura pendant la nuit. Mais désormais Lamon le *mahout* se méfiait de Naowarat et de moi, et il ne dormait que d'un œil. Mon père ne m'a jamais rien dit, mais il savait exactement, je crois, ce qui se passait dans ma tête. Avait-il lui-même, à mon âge, vécu ces sentiments ?

Si c'était le cas, il avait depuis fait taire ses scrupules pour toujours, et il avait fait en sorte que je ne le sache jamais.

Je ne décrirai pas ce qui a encore été fait à Sura, car ma honte est trop grande.

Ne me condamnez pas comme je me condamne moi-même. Les remords sont déjà bien lourds à porter.

Après que le *phajaan* s'est achevé, Lamon le *mahout* m'a confié Sura. Il n'était pas content de moi, mais je pense qu'il redoutait d'être raillé au village s'il était entendu que son fils n'avait pu se comporter comme on l'attendait d'un descendant de Paithoon.

C'est sans doute pour cela que je n'ai pas eu d'enfant : je voulais être absolument certain que, de mon côté au moins, la lignée maudite des *mahouts* s'éteindrait.

Nous avons cheminé lentement à travers la forêt, tandis que je montais le jeune mâle en lui enseignant les premiers commandements. Au cours de sa vie, mon ami allait en apprendre des dizaines d'autres, de plus en plus complexes.

Mon père voulait que j'entretienne la plaie que Sura avait à la nuque en y enfonçant la pointe du *bullhook* à intervalles réguliers pour lui rappeler sa sujétion, mais cela, je ne l'ai pas fait. Jamais je n'aurais accepté. J'aurais préféré me perdre dans la forêt pour toujours.

L'éléphant avançait comme un automate. Sa volonté, pour un temps du moins, avait été vaincue. Il agissait comme ces prisonniers qu'on voit dans les films documentaires sur les guerres du monde, et qui vacillent, hagards, hébétés, posant à grand-peine un pied devant l'autre.

Comment faire semblant d'imaginer que ces grandes bêtes sagaces ne peuvent éprouver les mêmes peines que les nôtres ? Combien d'entre nous survivraient si on leur imposait à l'enfance un sort aussi atroce que celui du *phajaan* ?

Nous sommes revenus au village cinq jours après en être partis. J'étais changé à jamais.

Boon Mee se trouvait là, qui quêtait pour sa nourriture matinale. Lorsqu'il m'a vu sur l'éléphant, il a levé son écuelle de bois pour me saluer, et son fameux sourire a éclairé sa douce figure.

– Le cœur de mon cœur... Le cœur de mon cœur... ai-je murmuré, bien qu'il soit trop loin pour m'entendre. Je ne voulais même pas penser au *meedh moh* qui reposait au creux de mes reins, et dont je ne m'étais pas servi comme j'aurais dû le faire.

Quand j'ai été assez près pour que le moine lise l'expression de mon visage, ses traits se sont assombris.

Plus encore lorsque Sajja lui a dit :

– Une éléphante a tué le chasseur.

– Yod Rak ?

– Oui. Elle a brisé son dos. Et puis il a été mangé par les chiens rouges.

J'aurais voulu descendre du dos de Sura pour parler à l'écart avec le moine mon ami, mais il fallait encore conduire le jeune mâle à son nouvel enclos, le présenter aux autres éléphants, et l'entraver solidement. J'étais perché là-haut, bien en vue, et j'aurais dû être fier, mais en vérité c'était comme si on mettait en scène mon infamie sans que je puisse me dissimuler pour échapper au déshonneur. Bien sûr, au village, les autres enfants m'envieraient ; déjà ils se rassemblaient pour m'admirer, et on me lançait des félicitations joyeuses ou ironiques, bien que discrètes. Seuls la mort du chasseur et le respect dû à sa famille empêchaient la liesse accompagnant généralement la capture d'un nouvel éléphant qui amènerait un peu de richesse dans notre pauvre village.

Je me suis allongé sur la tête de Sura, parce qu'une position altière me semblait d'une arrogance insupportable. À un moment, j'ai croisé le regard de Lamon le *mahout* mon père, et j'ai vu qu'il désapprouvait ce maintien relâché ; je n'ai rien changé cependant. Il ne fallait pas trop m'en demander, j'étais bien près de me mettre à crier de toutes mes forces.

Lamaï, une éléphante que mon grand-père avait capturée avant la guerre, était attachée non loin. On lui avait donné ce nom, qui signifie « douce », parce qu'elle était extraordinairement paisible ; grâce à ce trait de caractère, par osmose en quelque sorte, elle aidait à calmer les grandes bêtes qui se trouvaient à son contact.

Elle nous regardait. Il y avait dans son maintien de la dignité, de la patience, mais elle aussi autrefois avait été brisée. Que pouvait-elle ressentir, en voyant surgir un nouveau prisonnier ?

J'ai une nouvelle fois voulu jeter le *bullhook*, mais je savais que si je faisais cela maintenant devant l'aréopage des notables du village, la punition que m'infligerait mon père serait dure. Alors je n'ai rien fait d'autre que de rester allongé sur la tête de Sura. Lorsque nous sommes passés devant Lamaï, je me suis rappelé que l'année précédente elle avait refusé de poser un tronc dans un fossé comme son *mahout* le lui demandait ; puisqu'elle était d'ordinaire très obéissante, on s'en était étonné, et on lui avait redonné l'ordre, de plus en plus brusquement, jusqu'à user du *bullhook*. Elle s'était entêtée à ne pas obtempérer. On l'avait encore frappée. Puis quelqu'un avait eu l'idée de regarder dans le fossé : un petit chien y dormait. Elle l'aurait écrasé avec le tronc. Lamaï faisait preuve de bien plus de bonté que nous, pour une espèce qui n'était même pas la sienne.

Alors, quand j'ai été très près de la grande femelle, j'ai détourné le regard, car ma flétrissure était irrémédiable.

15

Cinq longues années ont passé avant que je ne me rebelle.

Quand j'ai eu quinze ans, en 1968, de nombreux événements graves marquaient nos pays de l'Asie du Sud-Est. La guerre était à nos portes, et chaque jour on entendait de nouvelles catastrophes. Les hommes s'entretuaient, alors il n'y avait pas de place dans ce monde-là pour la défense des éléphants.

Aujourd'hui, en 2017, les grandes bêtes sont surtout utilisées pour transporter les touristes, qui ne savent pas, je le crains, ce qui est infligé à ces animaux. S'ils le savaient et qu'ils décidaient quand même de les monter pour leur promenade, alors ces gens ne seraient pas de bonnes personnes.

Mais la plupart l'ignorent, et les *mahouts* du XXIe siècle sont discrets lorsqu'ils enfoncent leur *bullhook* dans la nuque de leur éléphant…

Et puis les touristes ne savent pas non plus que les grandes bêtes sont affamées, déshydratées, perturbées : ils ne connaissent pas comme moi le langage, muet ou non, des éléphants, ni leur manière de se comporter qui dénonce le stress post-traumatique dont ils sont souvent victimes. Les grandes bêtes ont l'esprit vulnérable ; il n'est pas rare qu'elles deviennent si perturbées que ceux qui en ont la charge soient obligés de les tuer, car elles ne sont plus contrôlables, et les dégâts qu'elles peuvent causer sont, à la mesure de leur force sans limites, considérables.

Contrairement en revanche à ce qu'on imagine, un éléphant d'Asie ne peut supporter de lourdes charges sur son dos ; cela le blesse. Aussi, lorsqu'on voit cinq ou six touristes montés sur une seule bête, on assiste de manière certaine à un supplice. Surtout si on ajoute que la quasi-totalité des éléphants utilisés à cette fin de promenade sont maltraités en leur maintenant des plaies ouvertes pour pouvoir les punir en fouillant dans la chair avec le *bullhook*.

D'autres usent des éléphants pour mendier. D'autres encore leur font peindre des tableaux, car ces créatures extraordinaires sont assez intelligentes pour ça, et alors tout le monde s'extasie... Cela serait moins inhumain, plus gentil pour les grandes bêtes. Moi, descendant de *mahout*, moi, frère de Sura, ce que je dis, c'est : laissez-les tranquilles ! Laissez les éléphants libres dans leur bel univers, dans les forêts montagneuses qui sont le cœur de notre nation.

En 1900, il y avait trois cent mille éléphants sauvages dans notre pays, et cent mille captifs.

Aujourd'hui, il en reste deux mille toujours libres, et quatre mille sont nos prisonniers.

Combien faudra-t-il de temps pour qu'on ne voie plus une seule grande bête ailleurs que dans les zoos, et puis nulle part, nulle part si ce n'est dans nos souvenirs ?

Au mois de juin 1968, un drame s'est produit, qui a changé l'existence de Sura et la mienne à jamais. Voici ce qui s'est passé.

Nous utilisions les éléphants pour le débardage, c'est-à-dire que nous aidions à la déforestation sur les terrains instables où les véhicules ne passaient pas, en faisant tirer les lourdes billes de bois, appelées grumes, par les grandes bêtes.

La plupart de ceux qui travaillaient ainsi avec leurs animaux les poussaient à bout, les martyrisant. Je n'agissais pas de la même manière avec Sura, mais j'obtenais de meilleurs résultats, ce qui prouve que le comportement de ces *mahouts* n'était pas seulement féroce, il était stupide. J'ai déjà parlé de la sensibilité des éléphants : ils ne sont qu'émotions et sentiments. Si on sait trouver le chemin de leur cœur, ils nous donnent plus, et n'obéissent pas juste parce qu'ils ont peur de la souffrance.

Je me rappelle que, ce jour de juin, il pleuvait beaucoup et faisait chaud. Nous étions sur une pente argileuse que les précipitations rendaient glissante. C'est extrêmement dangereux lorsque de gros troncs sont déplacés. Les hommes et les éléphants peuvent se blesser. Il est même fréquent qu'il y ait des morts.

Sura était le plus efficace, parmi les quatre grandes bêtes qui se trouvaient là. Il assurait son pied dans la glaise huileuse avec précaution, avant de saisir de sa trompe une grume pour la mettre en place au sol ; ensuite, on attachait l'énorme pièce de bois au harnachement qu'il avait sur le dos, et il tirait cette grume jusqu'à la route, où elle était posée avec les autres, pour former un tas parfait.

Il n'y avait rien à redire au travail de Sura. Le plus impitoyable des contremaîtres aurait été satisfait. Las, mon père, qui était occupé à d'autres débardages dans le nord, avait engagé afin de le remplacer un homme nommé Chaow, qui devait surveiller les travaux. Il l'avait choisi pour son caractère acariâtre, imaginant peut-être que cela augmenterait le rendement du chantier. Chaow signifie « esprit rapide » dans notre langue, mais ce prénom n'aurait pu être plus mal attribué. Ce garde-chiourme était incroyablement borné ; ce qui lui a coûté bien cher.

— Travaille ! Travaille ! Travaille ! Travaille ! me criait-il chaque fois que je buvais une gorgée ou que je semblais n'aller pas assez vite en attachant une grume au harnachement de Sura.

— Je travaille, répondais-je au début, et puis je n'ai plus rien dit, parce que Chaow commençait à m'exaspérer, et que je devais respect à l'aîné.

— Travaille plus !

Chaow connaissait mal les éléphants ; il s'en approchait trop et, lorsqu'il criait, les grandes bêtes montraient, en agitant les oreilles, qu'elles étaient importunées. Elles n'aimaient pas travailler sous la pluie, elles étaient tout à fait conscientes du danger qu'elles couraient à escalader les pentes savonneuses en portant et tirant des charges énormes.

Après un certain temps, je suis descendu du dos de Sura et je suis venu jusqu'à Chaow qui me regardait d'un œil torve. Avant qu'il ait eu le temps de m'aboyer dessus, je lui ai dit :

— Tu prends trop de risques.

Je n'avais que quinze ans mais j'étais fort physiquement, et aussi grand que le garde-chiourme. Je travaillais torse nu. Si je voyais que j'avais plus de muscles que Chaow, lui aussi pouvait s'en rendre compte. J'imagine que je pensais pouvoir l'intimider malgré mon jeune âge.

Cela faisait des années que Sura et moi subissions les reproches de mon père et de ses sbires. J'en étais lassé, et je trouvais que mon ami méritait plutôt des louanges pour son obéissance et sa constante bonne volonté. Ainsi, j'ai dû mettre dans le ton de ma voix plus d'insolence qu'il n'était nécessaire, si bien que je n'ai pas obtenu l'effet escompté, qui était simplement que Chaow ne se mette pas en danger avec les grandes bêtes.

— Tu ne sais pas qui je suis ! a-t-il répondu avec humeur.

Dans sa manière de se tenir, j'ai senti une menace physique ; comme la querelle semblait lancée, j'ai répondu :

— Mais si ! Tu es un homme bilieux, qui gagne sa vie en embêtant ceux qui travaillent vraiment…

Il m'a giflé. L'extrémité de ses doigts a glissé sur ma joue trempée par la pluie, et ça ne m'a pas fait le moindre mal. Mais Sura, mon ami, a dû croire autre chose.

Au cours des cinq années que nous avions partagées, le jeune mâle et moi nous étions profondément liés. Il n'est d'attachement plus grand que celui qui naît de l'affrontement d'un adversaire commun. Sura était bien assez intelligent pour comprendre que mon père s'acharnait sur moi avec presque autant de férocité que sur lui, et il m'avait souvent vu prendre sa défense. Combien de fois m'étais-je réfugié près de sa couche quand j'avais été humilié ou contraint ? Le plus souvent, je dormais avec mon éléphant. Et puis, quand venait le jour, lui et moi avancions sous le même joug.

Comment savoir exactement la place que j'avais prise dans le cœur de Sura ? Les éléphants n'oublient jamais leur famille. Ils y sont attachés pour la vie. Mon ami avait perdu les siens et je ne pouvais pas les remplacer ; mais Sura était – et il l'est resté jusqu'à ce jour – un animal sentimental, friand de tendresse et de compréhension mutuelle.

Les éléphants sont solidaires. Ils s'identifient à la souffrance de ceux qu'ils aiment. Et je crois que Sura avait déjà pour moi de la bienveillance, car s'il ne dédaignait pas la fréquentation de Lamaï et des autres grandes bêtes du village, j'étais sans doute depuis cinq ans son seul véritable compagnon.

C'est pour cela qu'il a tué Chaow.

16

D'un seul coup de trompe, le jeune mâle a cassé la nuque du garde-chiourme. Je l'ai su à la seconde où la chair grise de Sura a rencontré le côté de la tête de Chaow, car le craquement funeste a retenti par-dessus le bruit de la pluie.

Je me suis penché sur le corps sans vie. L'homme avait les traits figés dans sa dernière colère, et ses orbites, déjà, se remplissaient d'eau de pluie.

Les autres *mahouts*, pour l'instant, n'avaient rien vu. Les bûcherons qui travaillaient au chantier non plus. Le rideau de l'averse était si opaque qu'à dix mètres on ne distinguait rien.

Ai-je vraiment réfléchi ? Cent images désordonnées sont passées par ma tête. La figure de Duangdoon ma mère, si soumise aux lois du clan qu'elle ne m'avait jamais protégé. Celle d'Udom, le pêcheur devenu fou par la faute du Seigneur tigre. Celle de Naowarat, accroupi devant sa bicoque, fumant ses cigarettes en rêvant de sa guerre terrible. Celle de Lamon le *mahout*, qui reviendrait bientôt du chantier du nord.

Et puis il y avait Boon Mee le moine, qui à l'aube sortait du monastère pour mendier, et me disait toujours des choses si sages. Lui aurait su me conseiller dans cette grave affaire. Mais je ne pouvais attendre le lendemain matin, qu'il vienne au village. Car alors on aurait déjà décidé du sort de Sura.

Mon éléphant serait tué.

Plus par sens pratique que pour une autre raison, on exécutait les grandes bêtes qui avaient provoqué la mort d'un homme. Ce n'était pas particulièrement par esprit de vengeance, mais pour s'assurer que cela ne se reproduirait pas. Et puis nous sommes un peuple superstitieux. Beaucoup redouteraient que le fantôme du mort ne revienne les hanter si quelque chose n'était accompli pour rendre justice.

Comme je savais tout cela et que je ne pouvais supporter l'idée qu'on s'en prenne à Sura parce qu'il avait voulu me défendre, je me suis enfui avec lui.

Quitter la famille sans autorisation représentait déjà pour mon clan, à cette époque, un acte de rébellion impardonnable. Mais le faire avec un éléphant dressé qui apportait tant d'avantages matériels au village, c'était le pire forfait que je pouvais accomplir.

N'était-ce pas idiot, si on veut bien y réfléchir, puisque de toute façon Sura aurait été assassiné ? Mais les règles étaient ainsi faites, j'en avais une conscience aiguë. Si on venait à me rattraper, je serais traité comme un réprouvé. Je n'ai pas hésité une seconde néanmoins, et aujourd'hui, presque cinquante ans plus tard, je ne regrette toujours pas d'avoir choisi cette vie d'errance.

Je suis remonté sur le dos de Sura et je suis sorti du chantier en empruntant un sentier détourné, où on ne pourrait me voir passer. Puis je me suis dirigé vers l'ouest, là où la forêt était plus dense, et où personne ne se rendait jamais, car les routes dans ces bois n'étaient presque pas tracées.

Maintenant, en 2017, si un garçon de quinze ans s'enfuyait comme je l'ai fait, on le retrouverait sans doute assez vite. Surtout s'il était accompagné d'un éléphant presque adulte.

Mais mon pays, en 1968, était occupé par les guérillas que se livraient au nord les communistes, les proaméricains, et certains indépendantistes ; par la politique tortueuse, aussi, que menaient des hommes de pouvoir comme le général Thanom Kittikachorn. Les coups d'État incessants qui allaient en se succédant n'arrangeaient pas la stabilité de la nation. On n'avait simplement pas le temps de rechercher un fugueur, même s'il avait été à la tête d'une armée d'éléphants. En ces temps troublés, la mort de Chaow n'était à l'échelle du pays qu'une péripétie sans importance.

J'ai appris, beaucoup plus tard, que mon père m'avait cherché une semaine ; mais il est vite revenu au village, et a semblé ne plus se préoccuper de moi. Quant à ma mère, sa honte était si grande qu'on ne pouvait prononcer mon nom en sa présence.

J'ai protégé Sura, et lui aussi a veillé sur moi. Comme il avait déjà atteint, à treize ans, une taille considérable, il a su éloigner les prédateurs, pendant le temps que j'ai passé avec lui dans la forêt. Car il y avait à l'époque encore beaucoup de fauves tueurs, et pas seulement le Seigneur tigre ou les dholes. Une semaine après notre départ, nous sommes tombés nez à nez, dans une clairière, avec une mère léopard et ses deux petits. Je crois que si j'avais été seul, j'aurais été attaqué.

Mais nous redoutions les hommes bien plus que toutes les bêtes féroces, et nous sommes restés cachés longtemps dans les bois, si bien que je n'avais plus que la peau sur les os – n'ayant mangé que des fruits, des racines et des légumes sauvages – lorsque j'ai décidé d'approcher un village. Sura et moi avions parcouru une distance immense à l'abri des arbres ; c'était encore possible à cette époque, la déforestation n'ayant pas défiguré notre pays comme c'est le cas aujourd'hui.

La première personne que j'ai abordée était une vieille femme, qui portait des vêtements étranges – pour moi en tout cas – et n'a pas compris un mot de ce que je lui disais. C'était une Hmong.

On trouve à l'ouest des ethnies qui n'ont rien à voir avec nous, les Thaïs : Lahu, Hmong, Lisu du Tibet, ces gens viennent d'ailleurs et leurs coutumes, leur langue, leurs occupations sont différentes des nôtres.

La vieille dame hmong qui m'a accueilli n'a deviné qu'une chose, c'est que j'avais faim. Elle a vu aussi que j'étais torse nu, et que mon pantalon était en lambeaux. Elle regardait Sura avec une curiosité franche, et à un moment, elle a même tendu la main vers la trompe de mon éléphant ; je l'ai découragée en posant mes doigts sur les siens, et elle a aussitôt compris que je voulais la mettre en garde. C'était une femme intelligente et bonne. Elle m'a nourri, et elle m'a offert une combinaison que j'ai toujours gardée, même lorsqu'elle a été trop abîmée pour que je puisse encore la porter.

Je ne me rappelle pas son nom, sans doute parce que sa langue était vraiment trop différente de la mienne. Mais son visage demeure gravé en moi. Je suis sûr que, d'une manière ou d'une autre, Sura, qui se rappelle tout, a lui aussi gardé le souvenir de la vieille dame hmong qui nous a fait renouer avec les humains. Car s'il est une chose que mon ami flaire sans coup férir chez les hommes qu'il côtoie, c'est bien la noblesse de cœur. Il m'a aidé à faire le tri entre le bon grain et l'ivraie, dans les rangs de ceux qui ont jalonné notre interminable route.

Nous avons travaillé partout. C'est ainsi que nous avons gagné notre vie, en effectuant des besognes que les gens les plus pauvres ne pouvaient accomplir sans gros véhicule. Nous nous offrions à la journée, parfois à la semaine. En quarante ans, nous ne sommes jamais restés quelque part plus de dix jours d'affilée. Cela peut sembler terrible aux sédentaires, mais à dire vrai, lorsqu'on a goûté à la vie nomade et qu'on voyage en compagnie d'un ami comme Sura, l'idée d'une existence immobile glace le sang : ce ne serait qu'une prison.

J'ai voulu libérer mon éléphant, cependant. Car lui n'avait pas choisi cette vie.

Par un matin frais, j'ai conduit Sura dans un grand espace lumineux, où j'avais aperçu des éléphants sauvages. C'était en 1976. On trouvait encore des grandes bêtes sans entraves, même si cela commençait à devenir rare. Je me rappelle que j'avais vingt-trois ans, Sura vingt et un, et que la veille j'avais rompu un début de flirt avec une jeune fille nommée Anong, qui avait été furieuse car elle croyait que ses charmes me retiendraient dans le hameau où j'avais travaillé cinq jours. Rien ni personne ne devait mettre fin à notre errance.

J'ai fait signe à Sura de s'en aller, dans cette plaine couverte de végétaux vert amande ; je sais qu'il a compris ce que je lui disais. Son œil rencontrait le mien, puis il s'égarait vers les confins du bel espace clair, avant de revenir à moi.

Il a refusé de partir. Je suis tombé à genoux dans l'herbe tendre, j'ai mis les mains sur ma figure. J'ai senti l'extrémité de la trompe de Sura qui palpait ma nuque. C'est invraisemblable d'être consolé par un être à qui on a fait tant de mal. Car si je n'avais plus jamais frappé Sura depuis le terrifiant *phajaan*, j'étais de ceux qui l'avaient capturé et torturé quand il était encore enfant.

Mais il n'avait plus que moi, en guise de famille. Et moi, je n'avais plus que lui.

Le pays a changé tandis que nous vieillissions. La forêt a beaucoup diminué. Nous avons rencontré sur les routes de plus en plus de véhicules à moteur. Au sud, les touristes sont arrivés par dizaines de milliers, avides de fête, de soleil et de vie facile. L'utilisation des éléphants a commencé à se modifier. On s'en servait moins pour les lourds travaux ; ils devaient désormais distraire les Occidentaux, car cela rapportait plus d'argent.

Comme les chantiers de débardage et de maçonnerie ou l'entretien des routes étaient la cause de beaucoup de souffrance pour les grandes bêtes, on aurait pu imaginer que c'était une bonne nouvelle. Mais, comme je l'ai déjà dit, ce changement d'activité n'a rien modifié à la manière dont les éléphants étaient traités. Ils ont continué à subir le *phajaan*, et on leur a fait mille misères, comme depuis toujours.

Il y a sept ans, j'ai croisé le chemin d'un jeune homme très gentil, qui se nommait Kasemchaï. Il m'a fallu une heure de conversation avec lui pour apprendre qu'il était le petit-fils de Sajja le forgeron, celui qui avait tenu le fusil de Yod Rak pendant notre première nuit tragique dans la forêt, et avait sans doute ainsi sauvé beaucoup de monde. Kasemchaï avait quitté le village pour aller vivre à Bangkok, où il avait trouvé un emploi de représentant qui lui faisait parcourir tout le pays en scooter, afin de vendre des assurances.

– Rentre chez toi, Kiet, m'a-t-il dit. Tu as beaucoup manqué à tout le monde. On parle encore de toi, en bien. Et si tes parents ne sont plus, tu as toujours ta place au village.

– Oh, non ! Je ne veux pas retourner là-bas, je ne veux plus entendre parler du *phajaan* et voir mourir les grandes bêtes. Et je ne veux pas offenser la famille de Chaow, qui est mort par la faute de ma négligence.

– Tu ne te souviens donc pas ? La famille de Chaow était d'Ubon Ratchathani. Ils ne sont même pas venus pour son enterrement. Et il n'y a plus de *phajaan*, et plus d'éléphants au village depuis au moins dix ans, Kiet. Ta bête et toi n'êtes plus jeunes, il est temps de vous reposer.

Depuis quelques mois, je me rendais compte que Sura était effectivement beaucoup trop vieux pour travailler, même s'il était prêt à le faire pour moi. Alors, sur une impulsion, j'ai dit :

– Oui, Kasemchaï, tu as raison. Je vais rentrer au village.

17

Sura et moi nous détendons à l'ombre des arbres, après toutes ces années de vagabondage. Nous sommes très pauvres, mais nous avons tout de même de quoi survivre. Depuis quelques années, grâce entre autres aux nouveaux moyens de communication, j'ai été en contact avec des gens, surtout dans le nord du pays, qui tentent de sauver les éléphants. On m'a offert un téléphone portable pour ça. Ces associations m'ont envoyé de nombreux touristes, qui ne sont pas de ceux qui s'entassent sans pitié sur le dos des grandes bêtes, mais veulent essayer de les aider.

Mon ami et moi sommes devenus, à cause de notre histoire, de petites célébrités dans ce milieu, et cela m'a valu également la visite de savants qui s'intéressent aux relations entre les pachydermes et les humains. Il y a même une équipe qui est venue poser des électrodes sur ma tête, et tout un appareillage sur le crâne de Sura, afin de mesurer ce qu'ils appellent les « interactions »...

Je voudrais être un peu plus tranquille, mais je sais que je dois réparation, alors je les laisse tous faire, si cela peut, d'une manière ou d'une autre, être utile. C'est très émouvant pour moi de voir ces personnes venues d'un peu partout sur la planète, touchées par la grâce des grandes bêtes. Boon Mee, qui demeure alerte alors qu'il s'approche petit à petit des cent ans, me conseille. Il me semble que le moine est heureux de la voie que j'ai prise, mais à sa manière il est presque aussi énigmatique que Sura. Les hommes qui comme lui ont choisi la voie du milieu sont singuliers : ils sont tout à la fois très affectueux et très détachés. Leur bonté fait rechercher leur compagnie, mais si l'on reste assez longtemps près d'eux, on ressent une sorte de frustration. On désirerait être un peu distingué au cœur de leur amour universel, pourtant celui-ci se partage si également entre tous qu'on en demeure la bouche sèche. J'aurais aimé, je crois, que Boon Mee soit mon père ; il ne l'est pas.

*

Bien sûr, les parcs créés pour que les éléphants vivent sans être torturés sont une bonne chose. Mais moi, j'aurais préféré qu'on n'approche jamais ces animaux majestueux. Malgré mon immense amitié pour Sura, l'idée qu'on aurait dû ne jamais poser la main sur un éléphant, même pour une caresse, me semble salutaire. C'est cela qu'il faut faire, avec les bêtes sauvages : les laisser à leur monde sans tenter d'interférer. Nos règles sociales ne sont pas les leurs, et l'humain, dans son entêtement et son manque de respect, s'efforcera toujours de plaquer sa morale sur le libre comportement des animaux.

Il n'y a pas de bien ou de mal dans les lois de la nature sauvage, qui sont immuables et dépassent l'entendement de l'homme.

Personne n'a besoin de l'ivoire des éléphants d'Afrique. En Asie, on peut trouver mille autres occupations aux touristes que celle de grimper sur les grands dos gris pour des tours de manège imbéciles et cruels.

Si en quelque territoire l'humain empiète sur l'éléphant, si des querelles ou même des guerres se produisent à propos des champs, des récoltes ou des habitations, alors, au lieu de tuer les grandes bêtes, regroupons-les sur une étendue de terre choisie où on les laissera vivre leur vie en autonomie. Ce n'est ni extraordinairement compliqué, ni effroyablement coûteux. Je crois que c'est le minimum que nous leur devons.

Il est certain que mon jugement est faussé par mon affection, mais enfin, que serait une existence sur Terre sans la présence des éléphants, surgissant des brumes de la forêt comme d'énormes rochers en marche ?

Sura est si vieux que bientôt il ne sera plus là. Au soir, avant notre sommeil commun, je le regarde, et il me regarde. Il y a un monde dans ses yeux ; des centaines de rides sillonnent la peau épaisse autour de ses orbites. Ses oreilles remuent lentement. Mon éléphant semble chaque fois se remémorer des choses que j'ai oubliées, ou que je m'efforce de rayer de ma mémoire.

Souvent, après avoir soufflé la flamme de la lampe à pétrole, je pleure, et dans le silence de mon cœur je remercie mon ami de m'avoir pardonné.

Je remercie pour le travail effectué sur ce livre Mélanie Perry, Camille Cortellini, Gilles Chauvin, et toute l'équipe de Didier Jeunesse.

Merci également à Lucia Calfapietra, qui a donné au livre une magnifique couverture.

Jean-François Chabas

Les romans Didier Jeunesse

Mondes imaginaires, chroniques du quotidien, humour, aventure. Une grande variété de genres, portée par de nouvelles plumes acérées et tout en émotions.

Le Grillon, Récit d'un enfant pirate

Tristan Koëgel

Une histoire poignante, de l'autre côté de la Terre...

Il faut que je m'explique. C'est ce qu'ils veulent, je crois. Il faut que je m'explique, que je raconte. Tout. Et j'ai pas tellement envie. Ils veulent que je leur dise pourquoi je lui ai cassé la gueule, à Abdel. Mais j'en sais rien. C'est mon ami, Abdel. Je sais pas quoi leur raconter. Je sais pas quoi dire, voilà, c'est tout. Mais je vais être obligé... Je me suis mis en colère ; c'est sûr que quand on me met en pétard... Il l'a fait exprès aussi, Abdel, exprès de me contrarier, exprès de m'énerver. Il le sait pas, peut-être, que j'aime pas les pirates ! Enfin, ses pirates à lui, avec des gros anneaux dans les oreilles et des têtes de mort sur leur chapeau...

Bluebird

Tristan Koëgel

Le destin incroyable d'une jeune chanteuse de blues, la vie de toute une plantation de coton qui bascule, un souffle romanesque prodigieux.

Par la fenêtre s'étalait sous mon nez la vallée du Mississippi. Vaste. Verte. Elle n'était pas vilaine, cette vallée. Les hauts arbres de ses forêts où nichaient des milliers d'oiseaux la rendaient presque réconfortante quand on venait de la ville. Et ses champs, ses champs si grands, on s'y voyait courir, le parfum de leurs fleurs nous faisait déjà tourner la tête. Mais si on tendait l'oreille, au plus près de ces champs, on entendait monter une drôle de voix, par-dessus les forêts, plus haut que les nuages. La voix de ceux qui ont sculpté le Delta. La voix de ces hommes, et de ces femmes, qu'on disait libres et qui travaillaient pourtant comme des chiens, là où leurs ancêtres avaient déjà creusé leur tombe en raclant contre la terre les chaînes qui leur rongeaient les pieds. Ces voix ne gémissaient pas, ces voix chantaient. Des chansons où les chevaux s'évadent, où les lapins échappent aux renards, où les corbeaux sont plumés, et où les femmes finissent par s'en aller.

Voilà vers quoi je retournais, six ans plus tard, installée dans ce compartiment comme une princesse dans son carrosse.

Le Dernier Songe de Lord Scriven

Eric Senabre

Un duo de détectives des plus attachants, une intrigue palpitante entre bas-fonds londoniens et secrets d'État, dans l'Angleterre du début du siècle. *So British !*

Le client qui se présenta à nous, grand, carré, avec les cheveux crantés et une fine moustache cirée, n'avait en soi rien de particulièrement remarquable. Dès ses premiers mots, en revanche, je sus que nous allions aborder un cas plus tordu encore qu'à notre habitude.

« Mr Banerjee, on m'a dit le plus grand bien de vous, commença-t-il. Je pense que vous êtes l'homme de la situation.

– J'espère ne pas vous décevoir. Puis-je savoir ce qui vous amène ?

– Bien sûr. Je voudrais savoir qui m'a assassiné. »

Je sursautai ; même Banerjee ne put réfréner une mimique d'étonnement.

« Vous voulez dire que quelqu'un a essayé de vous assassiner ?

– Non. J'ai été assassiné.

– Vous seriez donc mort ?

– Exactement. »

Star Trip

Eric Senabre

Un road trip sur fond de série TV, bourré d'humour et de personnages décapants !

Le nouveau roman d'Eric Senabre dans l'Amérique des sixties !

Sam ouvrit un deuxième œil et scruta la pièce. « Il » était toujours là. Le capitaine Burke, son héros, le plus grand capitaine de l'univers, se trouvait chez lui ! Il ne voyait aucune suite normale à donner à ce constat. Sam aurait voulu hurler, se lever, courir – s'il avait pu –, mais en vérité, rien n'aurait pu exprimer son état d'esprit réel. Spike approcha du garçon et lui tendit la main.

– Ravi de faire ta connaissance. J'ai cru comprendre que tu étais mon plus grand fan. Et pourtant, des fans, j'en ai beaucoup.

Sam serra la main qui s'offrait à lui, sans force. Puis il bredouilla :

– Pourquoi vous êtes là ? [...]

– Notre téléporteur est en panne. J'ai décidé de venir sur Terre pour trouver un moyen de le réparer.

C'était terminé. Dans l'esprit du garçon, Benjamin Spike cessa d'être l'interprète du capitaine Burke. Il était devenu le véritable capitaine Burke et, soudain, tout ce qu'il avait vu, lu, collectionné depuis un an fit une entrée fracassante dans le monde réel. C'est qu'on ne pouvait pas empêcher de croire quelqu'un qui avait à ce point l'envie, le besoin de croire.

60-62, rue Saint-André-des-Arts
75006 Paris
www.didier-jeunesse.com
Illustration de couverture : Lucia Calfapietra
Graphisme : Nicolò Giacomin
Composition, mise en pages et photogravure : IGS-CP (16)
ISBN : 978-2-278-08569-9 • Dépôt légal : 8569/01
N° d'impression : 1702557
Loi n° 49-956 du 16 juillet 1949 sur les publications destinées à la jeunesse
Achevé d'imprimer en France, à Alençon, en août 2017 chez Normandie Roto Impression s.a.s. (Alençon),
imprimeur labellisé Imprim'Vert, sur papier composé de fibres naturelles renouvelables,
recyclables, fabriquées à partir de bois issus de forêts gérées durablement.